チーカ
あんこ
キャロライン・エレメアン
ハイル・エレメアン

CHARACTER
シア
ビクトール
だいふく

泣き虫な私のゆるふわVRMMO冒険者生活

もふもふたちと夢に向かって
今日も一歩前へ！

古森きり

ぶんか社

C O N T E N T S

プロローグ　絶望と葛藤の日

「はい？　婚約破棄《はき》？　白紙？　はい？」

母さんのなんとも素っ頓狂な声。

しかし、母さんが聞き返していなければ、私が同じような声で父さんに聞き返していただろう。

それとも聞き間違いだろうか？　私もまた、己の耳を疑った。

「ああ、いや、その……婚約者を三重香《みえか》の方に、変更したいと、そう、メールで言われてな……。その……三重香も、忠《ただし》君が良いと言うから、まあ、二人が両思いなら、うん、お前も……祝福してやれるだろう？」

「……な……なにを仰《おっしゃ》っているの、貴方《あなた》……？　八重香《やえか》に一目惚《ぼ》れしたので婚約してほしいと言ってきたのは、向こうですわよ!?」

母さんが父さんに叫ぶ。私はその声に、びくりと肩を跳ねさせた。胸がカーッと熱くなる。

喉の奥から迫り上がるその熱。

気がつけば、私はポロポロと泣いていた。

「い、良いの、母さん……わ、たし……」

「八重香！　なにを言っているの！　泉堂《せんどう》家の跡取りである貴女《あなた》の夫の話なのよ？　あんなに優秀な人材、そうはいないというのに……！」

「ま、まあ良いじゃないか、一香《いちか》さん。本人たちが納得しているのなら……」

「っ……はぁ……分かりました。八重香が納得しているのなら構いませんわ。……それなら、春日《かすが》警視総監のご子息に八重香との結婚を打診してみましょう。若いのに芸能事務所の社長をしてらっしゃるそうよ！　見目《みめ》もお綺麗な方だったし！　……ああ、けれどあの方は事故で下半身不随《ふずい》の『不能』なんだったわね……。やっぱりダメか……。じゃあ司藤《しどう》財閥の……少し歳《とし》が離れてるけれど……あら？　八重香？」

ダイニングから出て、二階の自室に向かって階段を駆け上る。

婚約破棄。

それも直接言いに来るでもなく、私に一言言うでもなく、父さんにメールで。確かに言いにくい事だろうけど、よりにもよって三重香に『変更』してほしいだなんて！

階段を中ほどまで上がったところで、先に部屋に戻っていた件《くだん》の妹、三重香が部屋から出てきた。

それもなぜか、私の部屋から……。

「え？」

「あ、姉さんちょうど良かった！　これちょうだい？」

「っ！」

三重香の手にあるのは、近く学校で行われる被服《ひふく》デザイン品評会用に描いたデザイン画だ。

机の上に置きっ放しではあったけれど、それ以前に……今この子はなんて？

「え、なに……ちょうだいって、なに……だって、あんたデザインなんか興味ないって……」

私と三重香の通う私立高校は進学校だ。様々な分野で活躍出来るよう、在学中に多くのコンテストへ参加が出来る。

私は被服……ドレスデザインに興味があった。

幼い頃、アニメ映画でドレスを着て踊るお姫様に憧れ、あんな煌《きら》びやかなドレスをこの手で作ってみたいと思ったのだ。私は容姿がとても地味だから……。

それなのに――。

「ないけどー、クラスで調子乗ってる子が出るって言うからさー。身のほど？　を分からせてあげなきゃと思うじゃない？　ほら、泉堂家の人間として？　下々《しもじも》の者に立場を理解させるのもさ、必要な仕事っていうか？」

「………なにを言ってるの……？」

本当に理解が出来なかった。

髪の色も立ち居振る舞いも顔立ちも派手な妹、三重香。

この子を相手にしていると、胸がもやもやとする。眼鏡を持ち上げて、首を振った。

「だ、だめよ。それ、私が一ヶ月もかけて……」

「まだ時間があるんだから姉さんならすぐ新しいデザイン思いつくってば！　っていうかさ、姉さんは父さんの跡を継ぐんでしょ？　デザイン品評会なんかに参加する必要なくない？　うち、缶詰会社じゃん」

「………」

そう、我が家は缶詰の製造会社。新しい缶詰を開発して製造、販売して成長してきた。

私も小さい頃から父の手伝いで、安全で旨味《うまみ》を閉じ込め、素材を熟成させる新しい缶詰の開発を行っている。

父は嬉しそうに私に「才能がある」と頭を撫《な》でてくれた。

私が構造開発に携わった新素材の缶詰。今や詰められない食べものはない、とまで言われるほど缶詰業界は成長した。

でも、だからこそその先に進むのが難しくなっていた。

父の跡を継ぐ事は、私も構わないと思っている。でも、でも、それまでは自分のしたい事をさせてほしい。缶詰も好きだけど、私は服のデザインも好き。

自分ではとても着られないような可愛い服をデザインして、着た気分になれるの。

今三重香が持っている服のデザインだって一ヶ月以上悩んで描いた。

喉が熱くなる。

それは、それは……。

「嫌……返して」

「はあ?」

手を差し出す。人のものはなんでもほしい。そんなんじゃ三重香の為にもならない。

それに、それに……忠君の事だって……。

パーティーの日に地味な私に声をかけてくれた忠君。二つ年上で、優しくてかっこよくて素敵で。

そんな人がなんで私なんかをって何度も思った。

こんな地味な私を「可愛い」って褒《ほ》めてくれた。……だから、だから、信じようと思って……なのに……。

——分かる。

三重香は忠君に『私の婚約者だから』言い寄ったんだ。

私のものを昔からなんでもほしがる三重香。私はお姉ちゃんだから、と我慢する。

三重香がほしいと言えば、全てが三重香のものになるのだ。

ずるい。

私が一度そう言ったら、母に冷たい目で「そんな意地汚い事を言うものではないわ」と窘《たしな》められた。

おかしい。

私が言った事は三重香がいつも言ってる事じゃないの？　私はだめで三重香はいいの？　そんなのおかしくない？

最近は、私が作ったものも三重香が「私が作った」と主張するようになってきた。

買ってもらったものはいい。本当にほしければまた買ってもらえばいいから。

同じものを持ってても私のものを奪っていく三重香。

でも、これは……デザインしたものは、だめよ。私の中から私が生んだものだもの。

それをあんたのものになんかさせない。

というより、出来ない。あんたはあんたのクオリティーのものしか作り出せない。

それを分かってるから私の生み出したものをほしがるんでしょう？

そんなの許さない。

「返して」

「…………。あっそ！　じゃあいいやー」

「っ！　ちょっと！」


ビリ、ビリ。

容赦《ようしゃ》なく千切られたデザイン画。それを階段に向かって……放る。

ひらひらと散っていく紙片。慌てて拾い集めるけれど……。

「…………」

「姉さんもさぁ、そろそろ理解してくれない？　姉さんは確かに才能があるのかもしれないけど、ブスだし鈍臭《どんくさ》いし、私にはなに一つ勝てないんだって。立場が分かってないのよねー、姉さんも」

頭の上から声がする。クスクスと、嘲笑《あざわら》う。

ああ、この子は私が嫌いなんだ。

「あ、そうそう！　あとさー、姉さんが行きたがってた美大？　私は行って良いってお父さんとお母さんに許してもらったからー！」

「！」

「ふっふふ！　それじゃ、新しいデザイン画出来たらちょうだいね！　内申良くしておきたいんだー。いやぁ、コピー取っといて正解だねー」

「っ！」

拾った紙をよく見ると、カラーコピーされたものだ。

つまり、原画はあの子がすでに持っていった？

私の部屋のカラーコピー機を使ったんだ。こんな姑息《こそく》な事までして……。

「おやすみー！」

ばたん。

扉が閉まる音を聞きながら、残りの紙片を拾う。

ケタケタと笑う声が三重香の部屋から聞こえた。私を笑う声。

私が行きたかった大学。

お母さんとお父さんには、工業系の大学で新しい缶詰の開発に活かせる事を学ぶようにと言われた。

開発自体は嫌いじゃないけど、私は……美大でデザインの勉強をしたかった。それだって開発の役に立つ。

何度もお願いして、だめだと言われて……なのに、なのに三重香は許された。

「……………………」

コピーされたデザイン画の切れ端を持って自室に戻る。そこでもう一つの絶望感を味わう事になった。

……なくなっていたのだ、机の上に置いておいた、高校三年間で描き溜めたデザイン画のファイルが。……残ってるのは資料本だけ。

嘘でしょ、あの子……人の三年間をなんだと思ってるの？

テーブルは荒らされてるし、引き出しは開けっ放し。クローゼットも開いていて、服が全部床に落ちてる。コピー機の蓋《ふた》は開いていた。電源も入りっ放し。

誰が片づけると思ってるのかな。

「…………」

言葉が出ないし、ただ、悲しい気持ちで胸いっぱいで……。

こんな酷《ひど》い事をして、隣の部屋で笑っているあの子。あれと血が繋がっている事が信じられない。

あれは人の心がない。そんなものと私は同じ血を分けているの？　ああ、最悪だ。

部屋に入り、唯一手がつけられていないベッドに横たわる。

自殺という言葉も頭をよぎった。

でも、死んだら負けだ。あいつは未だかつてないほど私を笑うだろう。

笑って笑って笑い転げて、高々と勝利宣言をするのだ。

それが分かるから、泣きそうになりながら天井を見上げるの。

「………ゲームでもしようかな……」

ＶＲゴーグルを取り出して起動し、本体とリンクさせた。

スマホで操作しながら新しいゲームを探す。

泣いている自分を誰にも悟られたくないから、私はＶＲゴーグルをつけてゲームの世界に逃げ込むのだ。そこでなら、いくら泣いてもあいつには気づかれないもの。

目いっぱい泣きじゃくる為のＶＲの世界。

「？」

ショップの広告だろうか。

『自殺を考えているあなたに贈る、最後の砦《とりで》』という謳《うた》い文句が視覚に飛び込んできた。

ゲームの名前は『ザ《T》・エンヴ《E》ァースワー《W》ルド・オ《O》ンライン』。

とてもシンプルで、そしてとてとても心惹《ひ》かれた。

広告をクリックすると、ゲームの内容が出てくる。

『このゲームは、自殺を思い留まって頂く為のゲームであり、現実に絶望した方の救済を目的とした治療用ＶＲ世界です。

このゲームを開始すると、あなたの意識は一〇〇％このゲームの中に移植され、あなたの分身であるアバターと連動します。

目覚める事はなくなり、ゲーム開始と同時に専門の医療機関にゲームの開始が通知されます。

あなたの体は医療機関に収容され、そちらで肉体維持に必要な処置が行われ、あなたはゲームの中に『閉じこもる』事が出来るのです。

そうして、あなたはゲームの世界を自由に生きられます。

このゲームは政府の特別な許可を得て運営されており、現実世界のご家族があなたの事を取り戻す事は不可能となります。

安心して、この世界で自由に生きてください。

そして、もし、自殺を思い留まる事が出来たなら、現実と向き合う覚悟が出来たなら、現実に戻り、現実で生きてください。

このゲームはあなたの命を救う為に開発されました。

逃げたければ逃げて良いのです。

どうか死ぬのを一旦忘れ、全てを忘れ、全てを捨ててこの世界で生きてみませんか？』


「…………全てを……」


無料ダウンロード。そう書かれたボタンを押す。

かち、かちとロードされていくゲーム。

その間に、私は目を閉じて思い返した。楽しい記憶が、全然思い出せない。

死ぬのは――あの子の思う壺《つぼ》。負けたくないけど、逃げ出したい。

「ゲーム、スタート……」

ダウンロードが完了した。私は呟《つぶや》いて、『ＴＥＷＯ』というゲームに飛び込む。

もう少し説明を読めば良かったのだが、どうでも良くなっていたのも事実だ。

悲しかった。

…………悲しかったのだ。

第一章　TEWO

「ここは……」

目を開けると、そこは草原の真ん中。私の立つ場所の横には四本の石の柱が立っているだけ。

足下には……魔法陣？

でも、草の中に消えていった。

「いらっしゃいませ。『TEWO』の世界にようこそ」

「！」

ダークブラウンの長い髪。左右に編み込まれた三つ編み。同じ色の瞳。そして深紅のドレス。

なに？　チュートリアルのＮＰＣ《ノンプレイヤーキャラクター》……？

人サイズだけど、妖精みたいに可愛い。

「初めまして。わたくしはキャロライン・エレメアン。お名前を伺ってもよろしいでしょうか？」

「あ、えーと……本名……じゃなくてもいいの？」

「はい、もちろんですわ。ここは『TEWO』の世界。現実とは切り離した自分になるのも良し、現実の自分のまま生きるのも良し……。ご自由になさってくださいませ」

「は、はあ……」

えっと、じゃあどうしよう。自分でも驚くくらい新しいゲームの開始に胸がときめかない。

面倒くさいな。チュートリアルとか要らないから一人になりたい……。

「じゃあ、シアで……」

「まあ、素敵なお名前！　それに、なんだか愛称のようですわね」

「あ、愛称？」

「はい。レティシアやアルテミシア、アナスタシア……そういうお名前の愛称に使われますけれど……いきなりお友達にして頂けたみたいで少し気恥ずかしいですわね」

「あ、そ、そう、ですね～……」

そんなつもりはないんだけど。

なんか太陽属性なお姫様だなぁ。お姫様かどうかは知らないけど。

「ではシアさん、次に容姿をお決めください」

「え？　あ……」

驚いて手元を見る。

透明だ。

草しかない、とはよく言えたものだわ。自分の姿すら、ここにはまだなかったのか……。

「ご自身の本来の体をベースになさっても構いませんし、こちらで用意したパーツをご利用くださっても構いません。更に、ご自身でカスタマイズも可能ですわ。ステータス画面を開いてメニューから『アバター』、『メイキング』を選択してください。『メイキング』は髪色、髪型、目の色、肌の色以外リメイク不可能ですが、いくつかの条件と特定のクエストをクリアしますとアバターを増やす事が出来ますので、そちらを『メイキング』する事が可能です」

「カスタマイズも、出来るんだ？」

「はい。この世界で生きる貴女の姿ですから、自由に、そしてご存分に吟味《ぎんみ》なさってくださいませ」

「……………」

おふざけは出来ないって事ね。とりあえずメイキング画面を開いてみるとしよう。

「ステータスオープン」

で、良いのかな？

呟いてみると目の前に画面が現れた。この辺は普通のVRゲームと同じか。

そんな事を考えていたらキャロラインが「音声でも開きますが、体が出来ましたら宙を指ポチでも開きますわよ」と教えてくれた。それは便利かも？

「えっと……」

一応ゲームはよく遊ぶから、ある程度のイメージは固まってるのよね。

みんな赤とか黒とか白とか金髪とか銀髪とか……そんなのが多いから私はあえて緑色。

ロングなんて面倒くさいからショート。でも、少しオシャレしたい。目の前のNPCの髪型を真《ま》似《ね》て左右に編み込みを入れてみる。ああ、けど髪型はあとから自由に変えられるって言ってたっけ。

まあ、そうだよね。現実でも髪は自由に変えられるもんね。

問題は顔と体かぁ。…………どうしよう？

本気で悩む。理想の自分の体とか、分からない。

リアルな私は標準体型だし、背も低くもなければ高くもない。

顔は地味。化粧もよく分からない。目が悪いから、眼鏡だし。

親から伸ばすよう言われていた髪は学校の基準で三つ編みにして右に垂らしてた。もちろん髪色は真っ黒。

でも、髪はもう決めたし、顔と体……ベースを先に決めるんだった、失敗。

でもまだ決定じゃないし、髪はあとから変更可能だし。

よし、体は……いや、巨乳はやめよう。なんか痛々しい。

普通……うん、普通でいいわよね！

………現実よりは少し、ちょっぴり背伸びして大きめにするけど……。

腰も、このくらい、現実よりくびれがあるぐらいで、うん。

お尻は小さめがいいな。

あ、けど少しバランスがおかしいから、小さくなりすぎない程度で、えっと、このくらいかな？

脚は、細く。バランスを見ながら、出来るだけ普通の範囲で長めに……。

うわぁ、なんか少しドキドキしてきたな。

「服も選べるんだ……」

「はい。職業はのちほど選んで頂きますので、まずは自由にお選びください」

という事は職業によってまた服装も変わるのかな？

職業……まあ、そうだよね。

ゲームの中でも働かないといけないんだ？

そう聞くと、「暇を持て余していると結局なにかやりたくなるもののようですわ」と少し困った笑顔で教えてくれた。

ものすごーく納得。暇は人を殺すというものね……。

でもやっぱりまずは顔。顔がないと服のイメージも難しい。

パーツが多いしカスタマイズも出来るからすごく悩む。

化粧の機能もありますわよ、と笑顔で言われてますます頭を悩ませる。

キャロラインは普通に可愛らしい。目元はくっきりしてるし、小さめな唇はプルプル。

ＮＰＣだから整ってるのは分かるけど……まあ、別にわざわざ崩す必要もないわよね、ゲームの中だし。

ただ一つ。容姿は、現実には絶対似せない。

三重香とは正反対にして、現実とも似ても似つかないような顔にしよう。

となれば、三重香の大きい目……あれはほぼ作り物みたいなものだから可もなく不可もない大きさにして、やや垂れ目。眉は少し太め。

瞳の色は薄紫寄りのピンクにして……目の色ピンクの人って見かけないじゃない？

あとは……頬をふんわりオレンジにして、唇も淡いオレンジ系。

健康的な日本人寄りの肌と、睫毛《まつげ》は手入れが難しくないぐらいの多さに設定。

服装は動きやすそうなのにしよう。

うん……見事なモブ顔！

「可愛らしいですわ……」

キャロラインが呟く。

少し驚いて彼女を見ると、なにやらハッとしたように口元を指先で隠す。

え、今のって心の声が漏れた感じ？　いや、ＮＰＣだし、それはない？

「あ、す、すみません。あまり普通の方がなさらない設定をされていくのでつい……」

「あ、うん、まあ……。普通のプレイヤーは、やっぱりみんな派手で綺麗で可愛い、カッコいいとかになるんだろうなって思って……」

「そうですわね、そういう方が多いです。あとは、好きなアニメや漫画やゲームのキャラクターに近いお姿にされる方もおられますわね」

「あ〜〜〜……」

それは、痛いと思います。

「でもちょっと子どもっぽい感じになったかな？」

「よろしいのではないでしょうか。お歳がおいくつかは存じ上げませんが、背伸びしすぎても中身と乖離《かいり》しすぎて驚かれてしまいますし……」

「…………」

体験者の説得力のようなものを感じるわ……。

「この顔立ちなら標準体型に近くした方が良いかな？」

「まあ、別段構わないのではありませんか？　髪が短いのでお体が大きく感じてしまいますが、髪型はあとから変える事も出来ますもの。ショートに飽きたらロングにすれば良いのですわ」

「そ、そうか。そうだよね」

おまけでアホ毛もつけちゃえ。生えたての双葉みたいなアホ毛。

よし、とりあえずこれで完成にしよう！

三重香みたいに意地悪そうには見えないし、リアルな私と違って地味すぎない！

年相応、だと思うし……うん、満足！

「お声質の変更やカスタマイズも出来ますがどうなさいますか？」

「自分ではよく分からないから、これで良いわ」

「分かりました。では次にこの世界で生きていく上での初期職の設定ですわね。皆さんはやりたい事に近い職業になられますわ。カフェ、レストラン、雑貨屋さん、パン屋さん、お菓子屋さん、錬金術師、冒険者が人気ですわね～」

「わあ……」

いかにも「でしょうね」って感じ。

いや、私だって嫌いじゃないし憧れはあるけど……人気、って事はすでに相当数お店があるって事じゃないの、それ。

「商売って出来るの？」

「そこはリアルと同じく激戦区ですわ。近所のNPCが遊びに行くようにはなりますが、すでに同じ町や村にそれぞれ二軒、三軒ずつの状態です。王都……まあ、この辺りは説明が必要だと思うので先にご説明しますが、お店を開く場合は土地と店舗は購入して頂く事になりますの」

「！　……そんなお金……」

「最初は結構ですわ。ですが、大きな町やたとえば王都などで出店したい場合ですと、店舗代や内装のリフォーム代など別途費用がかかりますからまず無理ですわ。田舎の小さな村からスタートして頂きます。そちらでお金を貯めて、『評判』も上げて頂かなくては大きな町や王都に移転出来ません。厳しいとお思いになるかもしれませんが、人気の職種なのでご理解くださいませ」

「う、うん、それは仕方ないと思う。むしろ最初は土地代と店舗代がタダな時点でかなりすごい……」

「うふふ、ご理解頂けて助かりますわ」

時々怒る方もおられますの、と笑って言っているがそれは図々しいにもほどがあると思う。

ゲームとはいえ商売なんだから当たり前じゃない。

むしろ小さな田舎村に二〜三軒が普通になってる時点で『その程度』なのよ。

お店はやめた方が無難かな？　……でも、じゃあ他にどんな職業なら……。

「他の仕事はどんなものがあるの？」

「生産系ですと武器、防具などを作る鍛冶《かじ》職人。アクセサリーなどを専門に作るアクセサリー師。野菜や果物を作る農家。お肉や牛乳を生産する牧場主……こちらはかなり重労働ですので、女性お一人では厳しいと思いますわ……。あとは、お花屋さんや薬草を育てる薬草師でしょうか。まあ、薬草師は植物系ダンジョンで採取出来る薬草を育てる職業なので、あまり数はおられませんが……ダンジョンで採取出来てしまうので、買取もなかなかして頂けないんです」

「そ、そうなの……」

少し面白そうだったけど、稼ぎにならないんじゃやめておいた方がいいかな？

生産系が難しいという事は、他には？

「次は土木系でしょうか。お家を作ったり、庭を整えたり、リフォームしたりするお仕事もございます。こういうのはリアルの方でもなさっていた方が好まれて就職されますわね。ですからその、プロの方が多いですわ」

「……新参者には辛い世界なのね」

「そうだと思います」

私はそんなのやった事ないしな。うん、無理。

「他の人気職でしたら冒険者はいかがでしょう？　あとから転職しやすいのが特徴です。スキルもたくさん覚えられますし、後々やりたい職に就く時に必要になるスキルや、その他に材料の入手も自分で行えるようになれます。えっとそうですわね、たとえば鍛冶屋をやりたいという方が、鉱石を自分で採取しに行く事が出来るので材料費がなんとタダ！　になるんですわ！」

「！　商売を始めやすくなるのね」

「はい！　レストランですとお魚を釣ってきたり、お肉を獲ってきたり、自分で出来るという感じですわね。不要な素材が採れても必要な方に売ればお金になりますし……戦闘系スキルは覚えておいて損はないと思いますわ」

「戦闘か……」

あんまり得意じゃないんだよね。その、血飛沫《ちしぶき》的なものとか。

その辺りはどうなの、と聞くと設定でグロテスクさは『０％』レベルまで変更出来るらしい。

ありがたいけど、これ『一〇〇％』にする人ヤバくない？

「ちなみに年齢によって規制がかかる場合がありますわ」

「ですよね」

まあそれは良いとして。

「もしくは学生、研究者もございます。学習を目的とした方が選ぶ身分、職業ですわね。学生さんは王立図書館で電子書籍を読む事が出来ますが、一定量以上読むと有料となります。研究者はスキルの開発が出来ますわ。あとはそうですわね、プログラマーがあります。この世界で導入出来そうなミニゲームの作製が可能ですわ」

「本当に色々あるのね……」

普通のゲームにはありえない。

ちょっと驚いた。本当に『なんでも好きに出来る』のか。

「……………聞きたいんだけど……」

「はい」

「自殺志願者が多いのよね？」

「ええ、そうですわね」

「なんかこう、八つ当たりして人を……プレイヤーやNPCを、傷つけたいとか、そういう人はいないの？」

「おりますわ」

「！」

さらりと……。

「おりますわね。……でも、だからこそ戦う術《すべ》を身につけておくのは必要だと思いますし、やりたい事がそれならばコロシアムもございますので、そちらをお勧めしておりますわ」

「そ、そんなのあるんだ」

「はい。『コレフェル』という島国は無法地帯となっています。そういうプレイヤーさんが遊びに行く場所ですが……三年ほどで大体の方は心を病まれて帰ってらっしゃいますわね。ご自身を傷つけるだけですので、あまりお勧めしておりません」

「そりゃそうでしょうね……」

「この世界はあくまでも現実と向き合う勇気と自信をつけて頂く為の場所なのです。現実は厳しいですが、この世界はそれをだいぶソフトにしただけ。ちょっとだけ簡単に生きられるようにした世界です。嫌になれば他の生き方を選択して構いません。ただ忘れないで頂きたいのは、ご自分がそれで納得しているか……、それで後悔しないのか、ですわ。あちらで挫折するのは分かりますがイージーモードであるこの世界で挫折したからといって更に自信喪失してしまうのは困りますの。後悔ないように生きて頂きたいのです」

「………」

ゆるそうに見えて結構な事を言っている。

でも、その通りよね。

「……もしよろしければ、わたくしがご相談に乗りますわ」

「え?」

「わたくしはただのNPCです。もちろん個人情報の漏洩《ろうえい》など致しません。わたくしは独立型の特殊AIを積んでおりますので、運営に情報を漏らす事もございませんわ。現実からこの世界へ来た理由をお聞かせ頂ければ、この世界で生きていく為のお力添えになれるかもしれません。もちろん、お話ししたくない事もおありかと思います。無理にとは申し上げません」

「………」

風が通り過ぎていく。草の香り。

セラピーＮＰＣなのかな。そういうのがいても、まあ、不思議ではない。

それなら話しても良いのかも。

何分間か、拳を握り締めて悩む。

どこから、どこまで——。

「…………小さい時から……妹が全部持っていくの……」

おもちゃも、おやつも、私の好きなおかずも、好きな人も、友達も、夢も、願いも。

あいつはモンスターだ。人のものを、なんでも持っていく。

「あんなのと血が繫がっているなんて気持ち悪い。でも死んだらあいつの勝ちな気がするの。それだけは嫌だった」

私は負けたくないけど、あれと戦う方法が分からない。

私には味方なんていないから。

母さんはお金と、今の地位を維持する事しか頭にない。他人どころか身内すら、自分の道具。三重香は間違いなく母さん似だろう。

そして気弱な父さん。

技術力はあるけど、会社を大きく出来たのは母さんの交渉術が大きい。だから言いなりなの。

私の未来。

母さんの言いなりになる父の姿と重なる。そんなの死んでもごめん。でも、死ぬのもごめん。負けを認めたと同じだから。

「だからこの世界に逃げ込んできたの……」

ボロボロと、気がついたら泣いていた。

スカートの裾を握り締めて、草の上に水が落ちていく。

なにこれすごい。涙の感覚がこんなにはっきり……。なんて無駄に高性能なの？

いろんなVRゲームをしてきたけど、涙が出るのなんか初めて。

「っ……」

私は泣く為にVRゲームをする。でも、VRゲームに『泣く』……『涙を流す』機能なんて普通ない。なのにこのゲームでは涙が出た。

キャロラインが近づいてきて手を伸ばす。

嫌だ、と拒む前に抱き締められた。

人の温もり。NPCなのに。

カッ、と胸から喉にかけて熱が駆け上がる。

「うあ……うあああぁぁぁん！　うわぁぁぁぁぁぁぁぁっ！」

……私は泣いた。めちゃくちゃに泣いた。

涙を流して泣く事がこんなに苦しいなんて初めて知ったかもしれない。そのぐらい泣き続けた。

空が夕暮れの色になるまで、私は彼女に縋《すが》って泣き続けたのだ。

＊＊＊

「ぐすん……」

「落ち着きまして？」

「う、うん……」

　さすがに鼻水は出なかったけど。

　うあぁ……キャロラインの胸元がぐしょ濡れ……。

「ご、ごめん……」

「平気ですわ。魔法で乾かせますので」

「魔法……」

　ふわ、とキャロラインが胸元に魔法をかける。光がチカチカとして、ぐしょ濡れだったところは綺麗になった。すごい……。

　あ、いや、ゲームの世界だから魔法はあるか。

「さて、シアさん。そろそろ夜になってしまいます。今日はここまでにして、職業を決めるのは明日に致しましょう」

「え、え？　でも、夜からでも冒険とか出来るものじゃないの？」

「不可能ではありませんが夜はモンスターが活性化しますの。ここはプレイヤーさんが入ってくる『神域《しんいき》』とされ、一般プレイヤーもモンスターも入れませんが、今からビギナープレイヤーが出歩くのは危ないですわ」

「そ、そうなの……？　でも……」

「今夜はお城にお部屋をご用意致します。そちらでお休みください。まずは生活に慣れる事も必要ですわ！」

「う、うん……」

キャロラインは明るくて優しくて素敵なお姉さんみたい。

……こんなお姉ちゃん、ほしかったな。

涙を拭《ぬぐ》って頷《うなず》いたけど、うん、ちょっと待って。

「え？　今お城って言わなかった？」

「では転移致しますわ」

「え、待ってちょっと待って今お城って言わ……」

あ？

シュン。と、音がして、気がついたらそこは絢爛《けんらん》豪華な玄関ホール。

赤と金の絨毯《じゅうたん》と、ホールと同じくらい煌びやかなシャンデリア。左右対称の片階段と、資料本でしか見た事がないような場所にいた。

わ、わあ……！

「キャリー、遅かったな。新たな民は無事に生活を始めたのか？」

階段の上から男の人の声がする。

……えっと、キャリー？　キャロラインの事？

「ただ今戻りましたわ、ハイル様。いえ、間もなく夜ですから、本日は城にお泊まり頂こうと思いまして」

「そうか」

「……わ、わあ……」

思わず声が漏れてしまった。

階段の上にいたのは純白の礼服をまとった王子様。

シャンデリアに照らされた緑の髪は金色にも見え、金の瞳でこちらを穏やかに見下ろしている。

この人も、多分NPC、よね？

VRゲームは色々やってきたけど、キャロラインに負けないくらい綺麗。

「ハイル様、新規プレイヤーのシアさんですわ。シアさん、あちらはこの『エレメアン王国』国王ハイル・エレメアン様です。わたくしの夫ですわ」

「……お、夫⁉　王様、が、えっ、おっ……！」

変な声が出た。

今『国王』と『夫』というパワーワードが連続で出なかった？　気のせい？　いや、絶対気のせいじゃない。

おっ、夫ぉぉ⁉

「初めまして、シア。紹介に預かった、俺はこの国の王、ハイル・エレメアン。キャロラインは俺の妻だ」

「夫婦共々よろしくお願い致しますわ」

「夫婦！」

本当に！　え、待って、王国、国王の、え、妻って事は……！

「キャロラインって王妃様なの⁉」

「はい。普段は新規プレイヤーさんのお出迎えをしておりますが、それがない時は王都の町中でパン屋を営んでおりますわ。……存外忙しくて最近はめっきり開けていないのですが」

「え、待って分かんない、ちょっとなに言ってるか分かんない！　王妃様なのにパン屋⁉」

「働かざる者食うべからずですわ。さあ、まずはシアさんのお部屋にご案内しますわね。そちらでお風呂と……あ、そうですわ、お食事はわたくしたちとご一緒に致しますか？　それともお部屋で摂《と》られます？」

「え、え？」

なんだか突きつけられた選択肢がわけの分からない単語に聞こえる。パワーワードが連続で打ち込まれすぎていて、頭がついてこないんだけど。

少し待って、とお願いして、もう一度噛《か》み砕く。

キャロラインは王妃。ハイル国王の妻。そして、普段は私のような新規プレイヤーの出迎えとパン屋を兼任。

うん、わけが分からない！

「えぇぇ……普通こういうのって専用ＮＰＣの仕事じゃないの……？」

「ええ、ですからわたくしがその専用ＮＰＣですわ！」

そんな胸を張って……。

「フローラ、シアを部屋に案内してくれ」

「かしこまりました」

「あ、シアさん、彼女はフローラ。わたくしの侍女です。このお城にいる間、分からない事は彼女に聞いてくださいませ」

「う、うん」

「ではお部屋にご案内します」

「よ、よろしくお願いします」

多分、ちょっと他の人よりは……好待遇？

フローラさんに案内されて階段を上り、右の扉の方へと案内される。

キャロラインはハイル国王と左の方へ。

振り返るとにこやかに手を振られた。うう、すっごい美男美女のカップル……。

「シア様こちらです」

「は、はい」

呼びかけられて、扉を潜《くぐ》る。

うっわ、ひっろーい。うちもかなりの豪邸だけど、やっぱりお城は別格。

天井の高さは五メートルぐらいありそうだし廊下も三メートルは幅がある。

長い絨毯に眩《まばゆ》い天井。白い柱に壁。一定の間隔に飾られた壺や絵画や鎧《よろい》。

さすがの私も見入ってしまう。ものすごい作り込み技術……まるで本物のお城みたい。このゲーム作った運営すごいなぁ。

「客間はこちらです。ゲームルールにより、初日のみ宿泊が可能となりますが、明日以降も無職ですごされるのでしたら下町の支援宿舎の方に移動して頂きますのでご注意ください」

「え、あ、はい。……無職でも良いんですか？」

「はい。この世界には現実世界で大変傷ついた方が来られます。中には会話もままならない方がいるのです。そういう方は話せるようになるまで支援宿舎ですごして頂くのです」

「……そう、なんですか」

つまり私は『かなりまとも』と判断された、という事なのだろうか。

会話もままならないほど、心をすり減らして逃げ込んでくる人……。自殺を考える人の受け皿なのだから、それはそうなのかもしれない。

「……ですが現状、本当にこの世界で受け入れなければならないような方々は、VR機を持っていない方が多いと聞きます。……残念でなりません」

「……あ……」

言われて胸が苦しくなった。普及したとはいえVR機は安いものじゃない。

ゴーグルや本体合わせて安くても平均二万円はする。

ゴーグルだけなら安くて二千円くらいのやつもあるけど……そういうのはスマホと連動するだけの機能しかない。ここまでのゲームが出来る機能はついてないのだ。

そうか、このゲームを知らずにそのまま命を絶ってしまう人も……いるのね……。

私も偶然広告を見なければ、今よりもっとおかしくなってたかもしれない。

死ぬ気はないと思いながらも、かなりどうでも良くなっていた自覚はある。

死んだら負けだと思いながら、どこかで死に場所のようなものを求めていた。

「………………」

胸に手を当てる。

泣いたからかな？　胸が少し軽くなっている。

「こちらです」

「わあ、すごい部屋……」

「お風呂はお手伝い致しますか？」

「い、いえ、結構です」

「ではお食事はどうなさいますか？　陛下とキャロライン様にお誘いを受けておられましたが……」

「ひ、一人で！　部屋で食べます！」

「かしこまりました。ではのちほど夕食をお持ち致します。ごゆっくりおすごしください」

一礼したフローラさんは部屋から出ていく。

それを見届けてから改めて部屋を見た。

眩しいくらいの灯《あか》り。天蓋《てんがい》つきのベッドはダブルサイズ。ツヤツヤの家具。フルーツの載ったテーブルと、赤い革張りの椅子。床はフカフカの絨毯。

はぁ～……私の部屋も広いはずなのに、この部屋は倍ぐらい広い。

広すぎてさすがにちょっと落ち着かないなぁ。

「い、いや、まずはお風呂かな」

というかお風呂どこ。と、部屋を見回すと左に扉がある。

そちらを開けてみて喉が引きつった。

ば、バストイレ～……トイレもあるの？

少し驚いたけど、蓋は開かなかった。

……そういえば現実での私の体ってどうなるんだろう。

よく考えないで始めてしまったけど、一度ログアウトして確認しようかな？

「確か体があると宙をタップでステータスが開くって……」

宙を指先でタップしてみるとステータス画面が開く。

うん、簡単。そしてログアウトボタンを捜す。

「え、ない？」

メニューのあちこちを捜すがログアウトボタンはない。

嘘、そんな事ある？　ログアウトが自分で出来ないの⁉

「っ…………」

驚いて出入り口の扉を開く。左右を確認するけど誰も歩いてない。

焦る気持ちはあるけど、あとで夕飯持ってきてくれるって言ってたし……今は心を落ち着ける為にも一旦お風呂に入る？

で、でもなぁ……。

「……………お風呂に入ろう」

現実に戻る。

それを考えた時、あの女の顔がよぎって冷静になった。

忘れろ、忘れろ！

私は現実を忘れる為にこの世界を選んだんだもん！

私の体の事はあとでフローラさんに聞けば分かるわよ、多分。

フローラさんで分からなければキャロラインに聞けば良いわ！

「現実でのお体ですか？　シア様のゲーム開始が確認されたら専門の医療機関に位置情報が通知され、そちらに医療機関関係者と政府関係者が赴《おもむ》き、お体を保護致します。そちらで然《しか》るべきお世話がなされる事になっております」

お風呂に入ったあと、食事を運んできてくれたフローラさんに体の事を聞いてみた。

平然と言われたけど……え？

「し、然るべきお世話、とは……」

「ドローンによる肉体維持の点滴、排泄《はいせつ》の処理などです。ＶＲゴーグルはつけたままになりますが、毎日の肉体の清拭《せいしき》もドローンが行うそうでございます。ご希望の方はコールドスリープも可能です。その場合はご家族の方に資金のご負担を頂く事になりますが」

え、かなり大がかりな事になってない？　それ。

「……え、ええ……そ、そんな事して大丈夫なんですか？」

「政府の承認を受けておりますので」

「そ、そうなんだ……。でも、いつの間にそんな法律？　出来てたの？」

「若い方はご存じない方が多いのですが、国会とは国民にバレないようにしれっと法案を通すのが得意な連中……こほん、方々がとても多いのです。自殺者増加に関しては大変問題視しておられる方も多く、そのほとんどは十代から三十代と若い方が多い。ですからそんなこれからの働き手を守る為には様々な角度から救済処置を検討していかねばならない、という事になったのです」

「…………じゃあ、私たちみたいにこのゲームを始めた人は、自分の意思でログアウト出来ないんですか？」

「ログアウトしてそのまま亡くなる方がいる可能性がゼロではないので……。セラピストＮＰＣの許可を得て、ログアウト可能となる『聖戦《せいせん》の祠《ほこら》』というダンジョンに挑めばログアウトは可能なのです」

「ダンジョンに挑戦……」

そうか、ログアウトするのにはログアウト可能ポイントに行かないといけないって事だったのか。そういうゲームはある。

ただ、普通は自室のベッドに横たわれば、とか町に入れば、とか、そんな感じ。この世界から出るには『自らの意思で』そのダンジョンに挑まないといけないのか。面倒くさいな。

「場所はセラピストＮＰＣしか知りません。ログアウトを希望されますか？」

「いいえ！」

即答した。

それなら別に良いわ。体が無事ならそれで良い。

「ちなみに私の体を維持する費用は？」

「未成年の方はご家族の方に負担頂きます。ご家族が支払い拒否した場合は税金から」

「ふーん……」

父さんと母さんはどうするのだろう？

三重香はゲームの中に引きこもった私を嘲笑っていそうだけど……。

別に私がいなくても、あの人たちは自由にやるでしょう。

「親が入ってきて無理やりゴーグルを取ったりしたら、強制ログアウトになるんじゃないの？」

「それもご安心ください。ドローン以外は入れない個室になっているそうです。人間の形では、個室には入れないそうですよ」

「…………入り口が特異な形……という事？」

「はい」

想像つかないな。

まあ、部屋に入れないなら無理やりゴーグルを外されて強制ログアウトさせられる可能性は低い？

まあ、それ以前に父さんと母さんはきっとそこまでしないでしょうね。三重香はもとより、だけど。

「……それにしてもシア様はかなりしっかりとされておられますね。普通の方ならそんな事は気になさいませんが」

「え、あ……ああ、私はその、少し育ちが特殊なの。大手食品会社の跡取りとして育てられたから……」

「左様でございましたか。では職業は生産系をご希望なのですか？」

「……まだ、詳しく聞けていなくて……」

「左様でございましたか。では明日、引き続きキャロライン様からご説明を？」

「た、多分」

……やっぱりキャロラインは少し特別なんだな。

フローラさんと話してると、その無表情ぶりと淡々とした処理的な話し方で差が際立つ。

ふう、とにかく食事をすると心が少し落ち着く気がする。

ステータスを確認すると『空腹』が『満腹』になっていた。

ちぇ、食べないとステータスに影響が出るタイプかぁ。

まあ、VRゲームに夢中になりすぎて餓死者が出たりするから『空腹』に関してはかなり仕組みが変わったってゲームニュースで見かけたしなぁ。

「では、明日、キャロライン様と朝食をご一緒されてはいかがでしょうか？　その時に説明の続きをお聞きになればよろしいかと」

「そ、うですね……そうします」

「かしこまりました。そのようにお伝えしておきます。それでは今夜はごゆっくりお休みください」

深々と一礼すると、フローラさんは食器を下げ部屋から出ていく。

なんだか疲れた。『疲労』数値は溜まってないけど精神的に。

色々考えたし、今後の事とか……うん、あんまり考えたくないや。

もう今日は良いよね、なんでも。寝ちゃおう。

VRゲームの良いところは歯磨きもトイレも必要ないところだよね……。

「………………」

考えない。

父さんも母さんも私の事なんてきっとなんとも思ってない。迎えになんてきっと来ないわ。

さあ、さっさと寝よう。

明日から、私はこの世界で生きていくの。

時間が許す限り、ずっとこの世界に引きこもってやる！

＊＊＊

翌朝。ゲーム開始から二日目の朝。

背伸びをしてベッドから起き上がり、カーテンを開く。

昨日は暗くて全然分からなかったけど……。

「うわあ……！」

ファンタジーだ。

煉瓦《れんが》造りの家が建ち並ぶ街並み。高い時計塔。白い鳩のような鳥が青い空を飛んでいく。

家からは煙が上り、人々が大通りを行き交うのが見える。

それに、なんて大きな町なのだろう。

王都というだけあって、見渡す限り地平線の方まで家が建っている。

そういえば『国』って言ってた。他にも国があるのかな？　ものすごく広い世界なのかも。

すごい、もしかして他の国は雰囲気が全然違ったりするのかな？

そう考えると、やっぱり冒険者としてスキルを覚えるところから始めた方が良いかな、と思う。

あ、でも、そもそもゲームシステムがまだよく分かってない。

昨日はチュートリアルなんか面倒くさいと思ってたけど……。

「……少しだけ、心がワクワクしてる」

昨日泣いたおかげかな？

ゲームを始める時のワクワクした気持ちが少しだけ蘇っている。

コンコン、と部屋のドアがノックされ、外からフローラさんの声がした。

「食堂へご案内します」

「は、はーい」

というか、私、結構ラフな格好なんだけど……王様の前で良いのかなぁ？

そんな事を心配しながら食堂に入る。

昨日と似た赤いのドレス姿のキャロラインと、白い礼服のハイル国王。

一応スカートの裾を摘《つま》みお辞儀をした。

こういう時の所作《しょさ》は、パーティーの為に最低限叩き込まれているけど、なかなか驚いた顔をされた。私のような挨拶《あいさつ》が出来るプレイヤーは一握りもいないんだって。

まあ、それはそうだろうね。

「昨日はよくお休みになれましたか？」

「は、はい」

「あら、いきなり畏《かしこ》まらなくともよろしくてよ？」

「え、えーと」

いやいや、よくよく考えると王妃様にタメ口なんて利けない。

でも、今更ですわ、と笑われると肩を落として観念するしかないかも。確かに相当色々恥ずかしいところを見られている。

それにしても、日の当たる場所で見ると尚更とんでもない美男美女カップル。いや夫婦か。

「あの、じゃあ職業とか、ゲームシステムとか、教えてもらったりしても良い、かな？」

「はい、もちろんですわ」

食事をしながらキャロラインが笑顔で頷く。

まずはゲームシステムの説明が始まった。

「まず、このゲームはレベル概念がございません」

「もしかしてＰ Ｓ《プレイヤースキル》系？」

「ですわ。スキルツリーがありますので、それを解放して覚えていくタイプです。しかし、専門家や学院、実践《じっせん》や戦闘でしか覚えられないスキルも数多く、そのスキル数は現在も増え続けています」

「……研究者職の人が開発してるから？」

「ええ、その通りですわ」

……普通にとんでもないゲームだ。プレイヤーがスキル開発出来るなんて……。

「そして当然ですがモンスターが出ます」

「う、うん」

「王都の周りはビギナー用ダンジョンの他、フィールドに出るモンスターも弱いものが多いので、まずはそういったところでスキル練度《れんど》を上げ、スキルツリーを解放していくと良いと思います。中にはＳＰ《スキルポイント》を取得して解放するスキルや、ＳＰでしか練度の上がらないスキルもございます。戦闘系や生産系は使えば使うほど練度が上がるものが多いですが、ＳＰ系は成長系に多いですわね」

「たとえばどんなもの？」

「テイマー系でしょうか。プレイヤーのスキル数でテイムしたモンスターの強さの成長具合が大きく変わりますわね」

「……テイマー系かぁ……」

冒険者から始めて、『剣』や『弓』や『槍』などの武器を扱うスキルを覚えてから、たとえば『剣』ならスキルで『剣技』を覚え、ステータスにプラス効果のあるスキルを解放していく。

結構大変なゲームだ。時間がいくらあっても足りないやつ。

「ＰＳにはあんまり自信がないんだよね……」

「ではテイマー系で始めてみますか？　もしくは冒険者ＮＰＣを雇う事も出来ますわよ。同じプレイヤーで冒険者をやってらっしゃる方を紹介する事も可能ですわ。それともお店を始めてみますか？」

「うーん……」

「なんでも出来ますわよ。この世界は自由度の高さが売りですわ！」

と、言われると逆に困るというか。

「……服の……」

「はい、お洋服ですか？」

ちら、とキャロラインの着ている服を見る。

すごいドレス。

昨日よりもずっとシンプルだけど、豪華さがちゃんと両立しているのがすごい。やっぱり使われている生地が違う。

私もこういうの、デザインしてみたいな。

「……デザインに、興味があるんだけど……」

「まあ、では服屋さんですか！　良いですわね、意外と皆さん『給料が安い！』と言って衣料系のお店は敬遠なさいますの！」

それは多分現実世界でそうだからだと思うわ、キャロライン……！

衣料系、服を売るお店は労働時間が長い割にお給料が安いのよ。一時期服のデザインの勉強がてら、いろんなお店を巡ったけど、店先にある求人情報の給与が安いのなんのって！

よっぽど服好きじゃなきゃ働けない。

「……でも、私、服は作れないの。デザインだけで……」

「覚えればよろしいのでは？」

「作るよりデザインをしていたいの」

「なるほど。でしたら服を作れる方と共同でお店を開いたらいかがでしょうか？　服屋さんをやってらっしゃる方をご紹介しますわよ」

「え、ええ……？　でも……」

俯《うつむ》いてしまう。

だって、急に全然知らない人と働くなんて出来る自信がない。

それに、まだスキルの一つも持ってないし……足手まといに思われるに決まってる。

「ふむ、それなら……テイマーになって被服の材料を集めるところから始めてみてはどうだ？」

そう提案してきたのはハイル国王。

服の、素材集め。

「素材を知る事はデザインに活かせないか？」

「……いえ、そんな事はないと思います。生地の素材によって、相性もあると思いますし……えっと、その、特性みたいなものも、あるんでしょうし」

「そうですわね。それと、出来ればデザインの方向性を色々決めておくべきかもしれませんわ」

「方向性？」

「ああ、冒険者用の服、プレイヤー、ＮＰＣが普段生活する用の服、我々王族、貴族の服……この国に限らないのなら、機械融合人《ヴェルガー》の服、獣人の服、エルフの服……服には様々な場面がある。たとえば寝る時用の寝間着、ダンスパーティーの時のドレス、普段着のドレス……色々あるだろう？」

「！」

その通りだ！

……なんて事だろう、全然考えていなかった。服って一日中、年中着ているものなんだ。

その用途は多岐にわたる。

「…………」

ヤバイ、急に自信なくなってきたわ。

私、コンテスト用のウェディングドレスとかしかデザインした事ない。今まで服屋さん巡りをして見ていたのは、服の形ばかり。素材の事もそうだし、用途だって意識した事なかった。

……だっさぁ……。

「シアさん？　どうかされましたか？」

「……自信、なくなってきちゃって……」

「ええ？　急にどうされたのですか？」

「……私が今まで描いてきたデザインって、ドレスばかりだったの……。毎年ウェディングドレスのデザインコンクールがあって、それに応募しようと思ってドレスばかり……」

「まあ、それでしたら貴族用のドレスデザインを専門に行うデザイナーになればよろしいのでは？」

「…………」

顔を上げた。

そんな事、出来るものなの？

「目から鱗《うろこ》、と言わんばかりの顔だな」

「え、あっ！」

「……ですが、一つ問題がありますわね……」

「え、も、問題？」

なに？

怖々《こわごわ》とキャロラインを覗《のぞ》き込むと、本当に少し困った顔をされる。

「ドレスを作る職人がいない事ですわ」

「…………」

……絶望的じゃん……。

がっくり項垂《うなだ》れた私。

というか、それじゃそもそもキャロラインたちはどうやって服を選ぶの？

そう聞くと、販売されているアバタードレスは全てキャロラインたちのような貴族と王族のNPCが着られるので、その中から自由に選んで着ているそうだ。

そして、ほとんどのプレイヤーはドレスを着る機会がない。

貴族になるクエストはあるらしいけど、そのクエスーを受諾する為の条件がたくさんあるんだって。

その上、一度貴族になると特権として税収の一部を自動的に得たり、庭つき邸宅が与えられるが、他国へおいそれと行けなくなるなど縛りも出てくる。

ずっとこの国で腰を据えて活動するのならそれも良いと思うけど……。

「他の国も色々あるの？」

「はい。ではこの世界にある国々の事もご説明致しますか？」

「う、うん」

ヴォン、とテーブルの上に半透明な濃紺のモニターのようなものが現れる。

ステータス画面と同じ感じかな。

そこには複数の大陸、島、小さな文字がたくさん……島は数え切れないけど、大陸は七つもある。

コンパスの形をした印は方角だろう。ぽちぽち黄色く光っているのが現在地？

「光っている場所が現在地ですわ。ここ、『エレメアン王国』は中央大陸の中心の国です」

中央大陸の中心の一番大きな国だったんだ。

まあ、スタート地点としては無難かな？

スタートの国がここ、『エレメアン王国』。その国の王様があのイケメンで、奥さんがキャロライン……改めてすごいところにいるわね、私。

「中央大陸、東に『レニオドラン公国』、こちらは貴族が治める国です。我が国とはライバル関係の設定ですわ！」

設定って言っちゃった。いや、そうなんだろうけど……。

ここと同じ、人間の国という事かな。

「中央大陸、西に『ダークネス帝国』、魔族の治める国で、複数の小国を従属させております。王様は魔王サティア様ですわ」

「ま、魔王様！」

「はい。とってもお顔立ちの整った人気のお方なのですよ。わたくしはハイル様が一番素敵だと思うのですが……」

「当然だな！　俺以上にキャリーを愛せる男などこの世にはいない！」

「まあ、ハイル様ったら……」

「………」

魔王様がイチャイチャのダシにされてる……。

それにしても魔族の国かぁ、面白そう。すごくファンタジーね。

「中央大陸、南に『ファンタジオール共和国』、獣人や亜人の国ですわ。色々な動物の姿をした人々が生活しています。……『レニオドラン公国』は『ファンタジオール共和国』が大嫌いなので、いつ戦争を仕かけるかハラハラしておりますわ」

「え、そうなの?」

「かの国は貴族の国で、人間が最も賢く優良な種と言い張っているのだ。まあ、そういう設定なんだが……」

　王様まで設定って言い切っちゃったわ。い、いいのかそれ。

「我が国が中央にあり、それを押し留めている形、だな。『ファンタジオール』とは友好国だが、『レニオドラン』から来た人間に亜人や獣人は冷たい態度を取る。我が国の通行証なら問題はない」

「ややこしいのですが、この世界でたとえば他のプレイヤーやNPCを襲ったりしますと『カルマ』がつきますの。増えると『国家指名手配』になって、その国からは追い出されて入国出来なくなるのですわ。それで別の国に籍を移して動くと、まあこのように面倒事に巻き込まれる可能性が増える……という事ですわね」

「な、なるほど……下手に悪い事はするな、という事ね」

「ちなみに全ての国で『国家指名手配』になった猛者《もさ》が一人いるよ」

　ふふふふふ、と夫婦が微笑《ほほえ》む。……もう一度地図を見上げた。

　ええ、この地図上の大陸にある全ての国って意味?

「そ、それは猛者というより馬鹿では……」

「あははは!　上手《うま》い!」

　笑って褒められてしまったわ。

「説明を再開しますわね。中央大陸、北に『桜葉《おうば》の国』がございます。古き良き日本をモデルにした国ですわ。他の国との交流は最低限。行くにはいくつかの特別なクエストをクリアして、ハイル様の許可を得る必要がございます」

「紹介状を書かなきゃいけないんだ。難しいクエストではないが、クエストそのものの出現が少し難易度高めかな。他の国からも似たような条件が必要になるから、行ってみたい時は情報屋などを使って条件を調べてみてくれ」

「……やっぱり着物とか、着ているんですか？」

「はい。それと『あやかし』さんがおられます。モンスターとも魔族とも違う方々ですわ」

「お、おお……」

国によってファンタジーの別要素が盛り込まれているのね。

はあ、これは冒険者になって歩き回るのも面白そう。

な、悩むな～。

「さて、中央大陸はこれで終わりです。次に中央大陸を囲む大陸をご説明します。中央大陸南西に位置する大陸には『機械亡霊《ヴェルガーイージス》』という国があります。名の通り機械と亡霊の国ですわ。先ほどご説明した『あやかし』ともまた違う方々です。機械融合人《ヴェルガー》と呼ばれる機械と生身の体が融合した人々と、機械人《ヴィガン》と呼ばれるアンドロイドのような人々、亡霊たちが共生している不思議な国です。こちらも行くのにはキャンペーンクエストのクリアが条件となります」

「……聞いただけでも、なんだか不思議な雰囲気の国ね」

「はい、機械融合人の方々の民族衣装？　も、独特なのでオススメですわ」

「っ！」

そ、それは興味深い！

……やっぱり冒険者になろうかな。ふ、服の勉強にもなりそうだし！

「中央大陸の南に位置するは『灼熱《しゃくねつ》砂漠同盟国』。大陸が全て砂漠で、とても過酷な場所ですわ。オアシスに寄り添う形で複数の町、それを治める王を名乗る者たちがおり、同盟を組んで一つの国となっています」

「古代エジプト風な雰囲気、かな？」

「ですわね。キンキラキンな方々がたくさんいます。珍しいモンスターもたくさんいますわ」

い、行ってみたいかも。でも暑いのは苦手だな。……キンキラキン……いや、気になる！

「そして中央大陸北西側の大陸には『炎歌戦国《えんかせんこく》』という年中無休で戦争に明け暮れている国がありますわ。イメージとしては中華っぽいでしょうか。モンスターも多いので、スキルツリー解放に打ってつけの場所です。食べものも美味《おい》しいですし、服も可愛いですわよ」

「でしょうね！」

絶対可愛いと思うわ！

それに、戦争してるのに可愛い服がある……実用性と可愛さを兼ね備えた服がたくさんあるに違いない！

「もしかしてこの国に行くのも……」

「ああ、キャンペーンクエストをクリアしなければいけないよ」

「うぅ……」

「うふふ。……次は中央大陸から北に位置する大陸ですわ。『スモーキルグ』。雪と霧の国で、自治区の集合体です。小さな集落が無数に点在していて、自治区長の方々がその大陸の方針を定めて統治されていますわ。冬服と言ったらこちらですわね」

「こっちも可愛い服がたくさんありそう……」

「はい、もこもこぬくぬくですわ」

くぁ〰〰っ！　気になる〜！

ドレスには到底参考に出来なさそうと思ったりもしたけど、ボレロの参考になると思うのよね。ファーのついたドレスも可愛いと思うし。

「そして北東側に位置する大陸は『大森林』。エルフが住まう大陸です。数多くの魔法が覚えられますが、行くのにはやはりキャンペーンクエストをクリアしなければいけませんの。しかも、他のキャンペーンクエストより長いし難易度も高めですのよ」

「え、ええ……」

「ですがエルフといえば器用で美しい装飾品が数多い。その上『魔法付与』のスキルで、装飾品に特別な効果がついているのです！」

「ま、魔法付与？」

「魔法で自身に特殊効果をつける事を『魔法付加』といい、スキルの一つとして覚える事が出来るんだが……」

「『魔法付与』は物に魔法効果を付与するスキルですの。鍛冶職人やアクセサリー師は持っているのといないのとでは、作った品物の値段が桁《けた》違いですわね」

「もちろん装備品……つまり服にも『魔法付与』は使用出来る。君が『縫製《ほうせい》』のスキルと『魔法付与』のスキルを覚えて、それを使って作ったなら、ドレスじゃなくても高額で売る事が出来るだろう。『魔法付与』のスキルは取得が大変だから」

「……ま、魔法付与の……スキル……」

キャロラインがつけ加えて「たとえば『防御力アップ』や『魔法防御力アップ』とかですわね」と具体例を教えてくれる。

確かに……そんな事が出来たら付加価値で値段も違うんだろうな。

『魔法付与』か……どうやって覚えられるんだろう？

聞いてみると二人ともにっこり微笑んで『情報屋に聞いてみて』と言う。簡単に教えてくれないらしい。

「そして最後ですわ。南東側に位置する大陸は『グランドスラム』。大変困難なクエストの報酬《ほうしゅう》として行く事の出来る、超高難易度ダンジョンの大陸ですわ。上級者向けの大陸ですわね。モンスターは全てダンジョンボスクラス。そのダンジョンのボスは、レイドイベントで倒すレベルのモンスターばかりです。上級素材がっぽがっぽですが、当然非常に危険です。死ぬ事はありませんが、負けてＨＰ《ヒットポイント》がゼロになればこの国の、この城に戻ってくる事になりますわ。そして、また行く為にはクエストをやり直さなければなりません」

「う、うわぁ……」

「自宅を建てていれば、そこで復活するよ。ただし、店舗はダメだ。『自宅』でなければならない」

「え、自宅と店舗って別物扱い、って事ですか？」

「ですわ。昨日店舗の初期費用は不要、土地、建物代は要らないと申し上げましたが、本当に『店舗』のみの援助となりますの。店舗内のテーブルや椅子、商品棚などはご自身で用意して頂く事になります。そして、その店舗をご自宅としても使いたいという場合は新たに店舗二階に『自宅』を増設しなければいけません。当たり前ですがこちらはプレイヤーさん持ちになりますわ」

シ、シビア……！

い、いや、現実と比べれば確かに優しくはあるけれど……！

「え、それじゃあ店舗だけ手に入れてもベッドとか、お風呂は……」

「ついておりませんわ」

ですよね。……うわぁ、危ない。

「いきなり店舗希望する人、いるの？」と、聞くとキャロラインは少し困った顔で「おりますわね」と答える。

い、いるんだー……。

「逆に望めば『自宅』を得る事も出来るよ」

「え！　店舗じゃなくてもいいって事ですか!?」

「はい。……ですが、王都から一番離れた村に建てる事になりますの。どこの国の国境近くかはお選び頂けますが……」

「一人につき『自宅』は一軒だけだ。他の国に『自宅』を建てる場合、すでに持っている自宅の取り壊し費用も負担になる」

「店舗でしたら、いくつ造っても良いのですが……ええ、まあ、管理出来るのであれば……」

「………シビア……」

ついに声に出してしまった。いや、仕方ないでしょこれは。

「あ、島に関しては数が多いので割愛しますわね」

「あ、う、うん……」

「さて、ここまで聞いて、今後の方針は固まりそうか？」

「……うーん……」

なんだか悩む要素が増えた気がするのよね。

服、は興味深い事が多いのだけど……作る事は本当に頭になかった。

でも『魔法付与』。服に魔法の効果がつく。魔法がかかった服……！

「………」

「？」

キャロラインを見る。

そんな、そんな魔法のドレスをキャロラインが着たらすごく、すごく素敵なんだろうな……。

小さな頃、お姫様の出てくるアニメ映画で王子様とのダンス中、くるくる回ると色の変わるシーンがあるやつを見た。なんのアニメ映画かもう思い出せないけれど、それは今も鮮明に残ってる。

シャンデリアの光の加減で色が変わって見えるのかしら？　生地の素材は？

もっと段差を入れれば可愛いのに！　ラストシーンなんだからもっと豪華なドレスを着せれば良かったのよ！　スカートのシーンはアップにしてー！　等々、考えながら見ていた。

あの時のアニメのお姫様は金髪だった気がするけど……私の中のお姫様はこちらのＮＰＣのお姉さんに固定してしまったから……。

「シアさん？」

「……うん、決めた。私、冒険者になるわ。冒険者になって素材を集めて、服作りを学んでくる！　お店もいつかは出したいけど……基礎も分からずお店は出来ない！　そんなのプロじゃない！」

「！」

確かにこの世界はお店を持つのが楽なんだろう。

でもそれと成功するのは別の話。

私はこの世界に来る絶望しきった自殺志願者たちとは、多分違う。

死ぬのは考えたけど、死んだら負けだと思ってる。あいつの為に、自分の命まで投げ出すなんてそんなの絶対してやるものか。

母さんの思い通りに生きるのももうやめる！

婚約者なんて要らない。

私は……私は私のやりたい事をやるの！　現実に戻っても一人で生きていけるように、この世界で得られる技術を全部取り込むのよ。

「私の夢はデザイナー！　自分のお店を持ちたいの！　私は……人が笑顔になれる魔法の服が作りたい！」

王子様と結ばれたお姫様が、笑顔でダンスしていた、あの時のような笑顔をもっとたくさんの人に――！

「……素晴らしいと思いますわ！」

「では冒険者に転職するといい。転職はステータス画面から可能だ。初期職の一覧『は』行の

『ほ』だな」

「一覧があるの？」

　え、それじゃあ昨日それを見ておけば……いや、見てても迷っていた気がする。

　ステータス画面を開いて初期職一覧を表示。

「いっぱいあるけど……『貴族』もあるんだ？　あれ？　『貴族』はなるの大変なんじゃ……」

「はい。この国の辺境貴族の末裔《まつえい》、という設定で開始されますが、位は最も低い『男爵《だんしゃく》』となります。貴族の扱いですので田舎村に庭つきの邸宅が進呈されますが『職種』は強制的に『貴族学生』か『貴族騎士見習い』を選択する事になり、以後自由に変更が出来ません。エスカレーター式に『学者』または『外交官』、『騎士』にしかなれません。それ以外の職種からスタートした場合、『貴族』になるのが大変なのですわ」

「ん、んんん……」

「ちなみにそれらの上位職になれば給料が出る。働いた分だけね。『学者』はスキルの効率の良い上げ方の研究。簡単に言えば攻略法の研究を行う者だ。実践情報を持つ情報屋とは永遠のライバルかな。『外交官』は他国にも行けるが王族貴族のパシリのようなもので自由は限られている。『騎士』はこの国の中で定期的にモンスター討伐《とうばつ》を行うだけの仕事。これらの職種から転職する場合は、転職理由と贈与された『自宅』の返納、俺の許可が必要になる」

「ですが『貴族学生』になると冒険者で覚えるスキルはもちろん『魔法』『魔法付与』『魔法付加』その他、多くのスキルが覚えられます。『武器知識』『防具知識』『モンスター知識』『鉱物知識』『植物知識』等の知識も図書館で得られますわ」

「へ、へえ」

戦って冒険しなくてもスキルや知識がゲットし放題って事？

え、それはアリなんでは……。

「……ううん、やっぱり冒険者にする」

「よろしいのですか？」

「貴族って聞くとなんかこう、パーティーとかありそう」

「ありますわ」

「うっわ、あるんだ。……うん、そういうの嫌だから冒険者にする」

「分かりましたわ」

特に深く聞く事もせず、微笑んでくれるキャロライン。

こんなお姉ちゃんがいたら、妹があいつでももう少し頑張れたかもしれない。

「そうですわ、最初にお伝えしておきますが初期職からの転職はいつでもどこでも好きなだけ出来ます。しかし初期職以外はスキルツリーを解放していかないと発見出来ないものや、SPで解放されるものなどがあるのでご注意ください。職種によって使えた武器が使えなくなったり、装備出来なくなったりするものもあります」

「うん、分かった。普通のゲームみたいな感じで、色々試さないといけないんだね」

「ですわ。冒険者はまず冒険者登録をお城……つまりここで行います。そうする事で通行証が発行されますの。早速登録しますか？」

「キャリー、彼女まだ冒険者に転職してないよ」

「でしたわ！」

「あはは。君は本当にドジなところが可愛いな〜」

「あ、あうう〜！　ハイル様ったらからかわないでくださいまし〜！」

仲良しな夫婦だな。

うちの親とは大違い。

さて、なんだか優しい気持ちにもなれたし転職、してみましょうか！

「冒険者に転職するね」

ポチッとな。

初期職一覧から、『冒険者』を——選択！

ふわ、と下から風のような光が舞い上がり、服装が軽装の登山服みたいになった。

茶色い革の胸当てと、手袋。布のズボンにブーツ。腰にはポシェット。うわぁ、見るからに初期装備。

「えっと、ステータスは……」

【シア】
HP：120／120
MP：50／50
攻撃力：5
耐久：3

俊敏：4
器用：1
運：2
職業：冒険者
所持金：0

「よ、弱すぎ……」

「最初は皆さん弱いですわよ」

「う、うん。えーと、スキルは……」

スキルツリー解放式のゲームだから、確認はしておかなきゃ。

自分の情報の記載の上にある『スキルツリー』のところをタップする。

なし。

「なし⁉」

普通転職したらなにか覚えてるものじゃないの⁉　なしになってるよ、なしに！

なしってゼロって事じゃない！

えええええええぇ⁉

「キャロライン！　私、まだなんにも覚えてない！」

「はい。『TEWO』は普通のVRMMORPGより難易度が高いです。現実に比べればゆるいとはいえ、生きる事の厳しさを忘れられては困るのですわ」

「うっ」

「戦う術は最初から学んでもらう。冒険者登録が終わったらまず自分の冒険者としての方向性を模索するといい。ああ、でも今日からは下町の支援宿舎の方に移ってもらう事になる。無理に今日旅立つ必要はないから、町を見ながら装備を調えつつ、最初に扱う武器について色々検討するのも良いだろう。支度金は一律一万円だ」

「……円、なんだ？」

そこは現実の通貨と同じなんだ？

まあ、どっぷりこのファンタジーな世界に浸りすぎてもまずいものね？

「はい、ただし形は別物ですわ。この世界で流通しているのは全て硬貨です。一円玉の代わりは『小鉄貨』、五円玉は『中鉄貨』、十円玉は『大鉄貨』、五十円玉は『小銅貨』、百円玉は『中銅貨』、五百円玉は『大銅貨』、千円は『小銀貨』、五千円は『大銀貨』、一万円は『金貨』と、こんな形をしています」

「……しゅ、種類が……」

「はい、中貨はみな、穴が開いています。小貨と大貨は大きさが一目瞭然です。金貨は一万円だけですわね」

「な、なるほど……」

そう覚えれば少しは分かりやすいかな。

鉄、銅、銀、金と金額が大きくなると硬貨に使われている金属の価値が高くなっていくのね。

呼び方が『円』ってだけか。

「そうだ、支度金は小銀貨五枚と大銀貨一枚という形で渡すか？　それとももっと細かくするか？」

「え？」

「その方がよろしいですわ。金貨一枚ですとなくしたら終わりですし、お店の方が驚きますし、もっと持っていると思われたら襲われるかもしれません」

「あ、あんまり出回ってるものではないのね？」

「現実より物価はかなり安いはずだ。一万円……金貨一枚で全身の装備を調えるのは容易《たやす》いと思う。それ故にならず者に目をつけられると面倒だ。初期装備のプレイヤーを襲うプレイヤーが、時折現れると報告もある」

「えぇっ！」

な、なんて姑息《こそく》なの……。

でも、それなら確かに一万円を細かくしてもらった方が良いかな。

「では、千円五枚、五千円一枚でお渡ししますわね？」

「あ、ううん。千円十枚で……」

「分かりましたわ。……そうそう、シアさん、お財布は必ず買ってくださいね？　忘れる方が多いのですが、お財布に収納しないと腰のポシェットにジャラジャラ入れて『あ、こいつお金持ってる！』ってすぐにバレてしまいますの。盗賊やならず者が多いので、必須アイテムと覚えておいてください」

「！　ち、治安悪いの？」

「クエスト用にうろついているんだよ。いるからには当然悪事を働かないといけないだろう？　彼らも仕事なんだ。まあ、金さえ渡せば命は取らないよ」

なるほど～……。

財布、財布ね！　覚えたわ。

「こちらです」

と、フローラさんが布の袋に入ったお金を渡してきた。

他に入れるところもないし、ポシェットに入れる。立ち上がって歩くと確かに音が気になるな。

「それと、こちらが冒険者登録の書類です。お名前を書くだけになります。登録が終わりましたら冒険者用の通行証をお渡しします」

「は、はい」

紙を一枚手渡される。名前を書く欄しかない小さな紙。付随するインクと……わあ、羽ペンだ。

本当に書けるのかなとドキドキしながらインクにつけて、紙に名前を書く。

あ、意外と書きやすい。ボールペンみたい。いや、仕様だろうけど。

「こちらが冒険者用の通行証です」

「ありがとうございます」

紙を革のタグのようなものに押し当てると、私が書いた名前がそれにスッ、と染み込んでいく。

すごい。

そして、そのタグを手渡された。

革、に見えるけど違うな？　なんだろう、紙でもビニールでもないし……柔らかい。

「こちらの通行証は中央大陸の国なら一部を除きほとんど行く事が出来ますわ。行く事の出来ない一部はクエスト報酬で通行可能となる場所です」

「ふんふん……」

「アイテムボックスの貴重品入れにしまっておけば、自動で効果を発揮する。持ち歩く必要はない」

「アイテムボックス……」

ステータス画面、メニュー、アイテムボックス開示。その貴重品欄……。

「えっと……」

「アイテムボックスを開いたら、モニターへアイテムをくっつけてみてください」

「こう？　わあ！」

通行証をモニターへ当てがうと、スーと吸い込まれていく。そして、貴重品欄に『通行証』が表示された。

い、入れ方こんななのか。

「大きいものとか動かせないものは？」

「指定して『収納』が可能ですわ。たとえば大きなモンスターを倒したとして、倒したプレイヤーが触れれば『指定』した事になります。カーソルが表示されるので、そのまま収納すれば良いのです」

「分かった」

「『アイテム譲渡』、『アイテム販売』は『商人』の職業スキルとなります。『商人』は初期職『商人見習い』を選択すればなる事は可能ですが、まず『商品知識』『販売知識』のスキル練度を上げてスキルツリーを解放していかなければなる事が出来ません」

「へ？　え、待って！　それじゃあこの世界ですぐにお店を出した人も……」

「ええ、店舗を得てもお店はすぐに開けませんわ。まあ、店舗内のものものもとより自分で集めなければいけませんので……どのみちすぐには無理ですの」

「あ……あぁ……」

それ聞いて怒る人いない？　と聞くとふた通りだと言われる。

怒る元気もない人。怒ってどこかへ行く人。

怒ってどこか行く人は、キャロラインの支援は得られないそうだ。

ハイル国王が笑顔で「そんな奴にキャリーの慈悲深い支援は不要だろう？」と言うから、まあ、ご愁傷様です、としか言えないわ。

町の人たちは基本的に初心者に優しいから、食べるのには困らないだろうとの事。なんだかな。

「だから君みたいなプレイヤーは珍しい」

「私？」

「ああ。この世界に来るプレイヤーはやさぐれていると言うか……自分の事さえどうでも良いと考えている者がほとんどだ。自暴自棄になり、攻撃的な者も多い。現実の世界がどんな世界なのか我々は分からないが……話を聞くと大体は環境のせいでやさぐれてしまっている、という印象を受ける」

「…………」

「シアさんは相当冷静ですわ。元々頭がよろしいのでしょう。冷静な判断力。冒険者向きと言えば向いていると思いますわ」

「そうだな。もう少し成長したら、支援の方にも回る事も出来そうなぐらい…………うん、フローラ、ルーズベルトに連絡を」
「かしこまりました」

「まあ、よろしいのですか？」

「？」

ハイル国王がフローラさんに指示する。

誰だろう？

「あ、ルーズベルトさんはプレイヤーさんですわ。『騎士見習い』に就職しております」

なるほど、楽してスキルを覚えて安定職に就いた人ね。そんな人をなんで呼び出したの？

「町にいる間は彼と行動するといい。一人よりは安全なはずだ。それと、彼と一緒に買いものについて学んできてほしい！」

「…………」

…………なるほど？


というハイル国王の依頼で私は今城門前に来ている。

この世界に来ているプレイヤーは『引きこもり』『社畜《しゃちく》』『鬱《うつ》病』『心中未遂経験者』『イジメ被害者』などなど。

「基本的にプレイヤーさんは病んでおられますわ」と、キャロラインが笑顔で言っていたので、そりゃそうでしょうよ、という表情で応えた。だってブーメランになるから言葉には出せないわ。

そうして少し待ってると、一人の騎士が近づいてくる。

赤い髪をポニーテールにした、プレイヤー。持ってるのは槍。

「えーと、あんたが新規プレイヤー？」

「シアです。はじめまして」

チャラそう。第一印象はそんな感じ。

紫の瞳。私も大概変な色だけど、この人は普通の感覚のプレイヤーなんだな。すごいイケメンにアバター作り込んでる。

「俺はルーズベルト。この国の騎士見習いだ！」

ウインクどうも。

……見た目通りの人っぽいな。というか。

「騎士、見習い……なんですか」

「ああ。あんまり真面目にやってなくてさー。でも別に怒られないしいっかなーと思って」

「…………」

「でも、あんたよりは戦えるぜ☆」

「…………」

今語尾に星マークかなにかついた？

いいや、無視しよう。

「そうですか。じゃあ護衛よろしくお願いします」

「え、つめたーい？　シアちゃん、ネカマだったりする？」

「…………」

え、えぇ……？　最初に聞く事が、それ？

「……違いますけど」

「マジ？　じゃあリアルに女の子!?　実は現役ＪＫだったりしてー？」

「……あの、町を案内してもらって良いですか？」

「あ、ごめんごめん！　さあ行こうー！」

……なんなのこの人。本当にこの人も自殺志願者のプレイヤー？

ヘラヘラ笑って、気持ち悪い！　悩みなさそうなのになんでここにいるの？

嫌だなぁ……もっと大人しめな人が良かったな。今から頼めば代えてくれるかな？

「この町ってお城を中心に五本の大通りがあってさー。あ、星型？　うん、星型のイメージ！　大通りのうち四本の通りは商業区に面してるんだ。それ以外が民家かな。で、残りの一本は一ヶ月に一度市が立つ！　その他に生産系のお店が並んでる。今から行くのは武器屋や防具屋のある商業区ね！」

「……はあ」

地図で見た通りか。

地図……うん、冒険するなら地図は必須よね。アイテムボックスには通行証しか入ってないし、メニューにも地図はない。

普通なら斜め上とかに表示される地図もないから、多分地図は自分で購入しないといけないんだろう。

難易度高い。

という事は……財布、地図、あと、装備はあまり高くないものを買って節約。

旅に必要なものといえば水や食料だと思う。

あと、やっぱり野宿とかするのかな？　だとしたら寝袋？　テント？　チャッカマンとか？

うーん、さっぱり分からない。

「あの、旅とかした事ありますか？」

「ないよー！」

………使えない。この人はアテにならないな。

「……というか商業区に来るのも初めてだし」

「え？」

「ゲームを始めてから一番安全な下町の施設にいたんだー。いやぁ、でもさすがに半年引きこもってたらなにかしたくなってさー。お城の人に相談したら、騎士見習いはどうかって勧められたんだよー。町から出なくて済むし、真面目にやらなきゃ『騎士』に上がらなくて済むし！」

「………………」

明るい笑顔でなに言ってるの、この人……。

でもそうか、キャロラインが言っていたのはこういう事なのか。

確かに『暇は人を殺す』って思ってた。

この人は引きこもりが暇を持て余して出てきたものの、全然真面目に働けてない、結局働いてる気になってるだけの引きこもり！

「あ、ここが商業区だよ」

「……わあ……」

思っていたよりも賑《にぎ》わいがある。

武器屋さん、防具屋さん、装飾品屋さん、雑貨屋さん……。

まずは雑貨屋さんかな。財布と地図を買わないと。お店の人に旅に必要なものを聞けば、分かるかな?

「やっぱりまずは武器屋だよね!」

「いえ、雑貨屋へ行きます」

「ふぁ!?」

店先に色々なものが並ぶお店に入る。

『チーカのアトリエ』と、看板が出ていた。

中に入ると綺麗なお姉さん。茶色い髪を後ろでお団子にまとめ、柔らかな印象のお化粧。

ん? 頭の上のカーソルが緑色……これって……。

「いらっしゃいませ。あら、新規プレイヤーさん?」

「「プレイヤーだ!」」

「ええ、そうよ」

ルーズベルトさんと声が被ってしまった。

というかなんでルーズベルトさんも驚くの?

あ、ハイル国王が「買いものの仕方を教えてあげてくれ」って言ってたし、引きこもっていたと自白しているから、お店に入った事なかったのね?

「はじめまして、私はチーカ。この雑貨屋さんの店主よ。なにをお求め？」

「……あ、ええと……お財布と地図を……。それから旅をするのに必要なものってどんなものがあるか教えてくれませんか？」

「！　まあ、あなた冒険者を選んだの？　すごいわね」

多分私の格好を見てそう思ったんだろう。

でも、私の方はチーカさんのお店の方がよっぽどすごいと思った。

「いえ、チーカさんの方がすごいと思います。キャロラインから王都にお店を出すのはすごく大変だって聞いたので！」

「！　キャ、キャロライン様にお会いしたの？」

「え？」

「ええぇ！　シアちゃん王妃様に会ったの⁉」

「え？」

え？　……え？　キャロラインは、新規プレイヤーのお出迎えが仕事って言ってましたけど？

え？

「すごい。なんという強運……」

「え？」

「いいなぁ！　王妃様にお出迎えしてもらえるプレイヤーってなかなかいないんだよ⁉　大体はその部下のＮＰＣが対応してて……」

「ええ、私の時もそうだったわ。キャロライン様にお出迎えしてもらえる人はレアなのよ？　噂だ

とアバターを作る時のアバター素材が増えるとか！　レアなアバター素材が入るとか！」

「そうそう！　どうなの、そこんとこ！　アバター作る時にどんな素材があったか教えてよ！」

「え、ええ……？　そ、そんな事言われても……」

なにかグイグイと顔を近づけられる。

確かに種類はかなり多かったように思うけれど、それがなんなの？　アバターって顔立ち以外はあとから自由に変えられるって言われたわよ？

「見せて見せて！」

「見たい見たい！」

「……じゃ、じゃあ、はい……」

ステータス画面を開いて『メイキング』を選択、開示する。

ステータスって、他人からも見えるの？

「閲覧《えつらん》申請！」

「え？」

「あ、許可ちょうだい。そうすると一定期間他人のステータス画面が見えるようになるの」

「あ、はい。許可」

やっぱり普通は自分にしか見えないのか。

許可を出して、手持ちのアバター素材を見せると……ふ、二人の顔がなんか怖い事に……？

「す、すご！　なにこれ三百種類以上ある！」

「うそー！　キャロライン様にお出迎えしてもらうと多いって聞いてたけどこんなに多いのお

「おぉ!? あぁぁ! うら! やま! しいいぃ!」

「…………」

チーカさん、出会って三分で外見と中身のイメージが乖離した。

「私がこの顔にたどり着くまでどれほどの苦労を積み重ねた事かぁぁぁ!」

「え、あ、な、なんかスミマセ……?」

「うわぁ、色味まで自由に変えられるんだ? 俺の時はなかったよ〜?」

「え? そ、そうなんですか?」

「お化粧アバターを重ね合わせ、ようやく理想の顔に近づけた私の努力!」

「え、あ……な、なんかスミマセ……」

え? あれ? カスタマイズ可能って言ってなかったっけ?

でも、なんか言うともっと怖い事になりそうな予感がするから呑《の》み込んでおこう……。

もしかしたら最初だけの機能なのかもしれないし? カスタマイズ可能=髪の色や目の色の変更の事、とかかもしれないし。

「……いいなぁ、大事にしてね、そのアバター素材。あーあ、アバター素材の売買機能とかつければいいのに〜」

「それはないって言ってたよなー。リアルでそんな事出来ないだろって一蹴《いっしゅう》」

「美容整形とかあるじゃない〜。……まあ、化粧アバターを重ねれば理想の顔にはなれるけど……その苦労とアバター素材を集める労力とお金〜」

「…………」

なんか大変なのか。そうか。黙っておこう、話が長くなりそうだから。

でもアバター素材って集めるものなのね。

キャロラインに出迎えてもらうとこんな特典がついていたのか。私ってラッキーだったんだ。

……まあ、ラッキー、だったかな、確かに。

この世界に来て最初に出会ったのがキャロラインで良かったって、本気で思うもの。アバター素材の事を抜きにして。

「あ、あの、財布と地図を……」

「あ、ごめんそうだったわね！　お財布はこっち、地図は……どのサイズをご所望？　世界地図は高いから『エレメアン王国』にする？　それとも『中央大陸』？」

「えっと、先に財布を選んでも良いですか？」

「じゃあ用意しておくわね」

「ありがとうございます」

奥の棚の三段目。

そこに手作りらしい財布が並んでる。可愛いのからカッコいいデザインまで、多種多様だ。それに形もがま口から折り畳みまで。

……がま口。

「がま口財布可愛いですね」

「でしょう？　私のスキルで、声に出した金額や指定した金額以上は出てこない仕様になってるの！」

「わあ！　それは助かります！」

今ポシェットに入っているお金は、袋から出して選ばないといけない。まだ千円も五千円も硬貨、という状況に慣れてないから、それは助かる。

「ねぇ、ねぇ、シアちゃん……なんで真っ先に財布？　普通は武器じゃないの？」

「え？　お金は財布に入れないとジャラジャラうるさいし、危ないし、重いから財布は最初に買っておいた方が良いって……言われなかったんですか？」

え？　あれ？

「え？　俺は言われなかった、けど……」

「私も言われなかったわ。きっとキャロライン様だったからじゃない？　王族のNPCは特別なAIを積んでるから、他のNPCより人間みたいだって聞いた事があるわ」

「そ、そうなんですか……」

キャロラインって、本当にすごい人だったんだ？

私本当にラッキーだったんだなぁ！

「私も盗賊に襲われて全財産盗《と》られてから財布買ったの。本当、最初に買っておけばと……！　だから作ったんだけどね！」

「そ、そうなんだー……」

「そ、そうだったんですか。そ、その失敗をバネに、こんなに可愛いお財布が生まれたんですね！」

「そうよ！」

キラン！　と、チーカさんの目が光った気がする。転んでもただでは起きない。見事な商魂《しょうこん》を見たわ。

「では、これをください」

選んだのは肉球のデザインが入ったがま口財布。ピンクの肉球が可愛い。

「はーい。三十円になります」

「！」

安い！

あ、けど物価は現実よりも安いって言ってたっけ。

ポシェットを開けて、その中の布袋から千円硬貨を取り出す。中身は全部千円の硬貨。

それを手渡すと、お釣り硬貨を渡された。五百円と、百円が四枚。十円が七枚。

もともと硬貨の千円以下は分かりやすいな。

「早速使わせて頂きますね」

「ええ、もちろん！　もし良かったら使い心地とか教えてね」

「はい」

商品に対する使用者の声ですね。

では早速、ポシェットの中の布袋の中身と、今お釣りでもらった分をぺーい、とがま口のお財布に投入！

「じゃあ次は地図ね」

「ええと……」

「これは世界地図よ。一枚五千円！」

「ほ、本当に高い」

財布一つ三十円と考えるとリアルな価値としては一万円ぐらいかな？

いや、ハンドメイドのお財布はリアルで千円とすればもっと高い？

ん？　いやこの地図は最初からあったものだとしたら安いのかな？

「多分まだ見つかってない島もあると思うから、今後『地図歩き』が更新すると思うわ」

「地図歩き？」

「この世界の地図を作ってるプレイヤーよ。名前はシーカルア。ここの地図は彼からの提供なの。だから高いのよね」

「地図作りしてる、プレイヤー！」

「え？　え？　なんでそんな事してるんだ？　公式の地図もあるよな？」

わたわたと後ろから顔を出すルーズベルトさん。

そう、よね？　なんでわざわざ自分で地図を？

「ないわよ」

「「ないの⁉」」

「そう、ないの。ないからシーカルアが作り始めたの。このゲームがリリースされた日にこの世界に来たシーカルアは、運営が地図機能を用意していなかった事を知って自分が作ると宣言したのよ。リアルだと無職になったばかりの元社畜で、重度の鬱状態だったんだって。それなのに自分に出来る事があるならやりたいって、始めたのよね。それで五年でここまで完成させたから、まあその価値はあると思うわ」

「……！　つまり、このゲームは……地図も自分で作るもの、なんですか？」

「本来はそうらしいわ。あなたも自分で作ってみる？」

な、難易度たっかぁ！

……けど、それは、燃える。ええ、どうしよう？　地図作りは面白そうだけど……。

「いえ、最初はアリでやってみます……この国の地図を頂けませんか？」

「賢い選択ね。スキルも覚えてない状態で始めるのは無謀だもの。シーカルアたちみたいな無茶、する必要はないわ」

「………………」

この口ぶり……リリース当初に来た人たちは相当大変だったんだろうなぁ……。

「チーカさんもリリース当初から？」

「私は四年前に医療機関に勧められて始めた組ね。そろそろ現実に戻ったらどうか、って、国からも打診が来てるんだけど……まだ決心がつかないの」

「医療機関に勧められて……？」

「ええ、一応このゲーム、自殺者減少を目的に運営されてるでしょ？　けど、二年くらい前までは認知度も低いし『自殺したい』と考えていた人や、その危険性があると判断された心療内科を受診した患者は、みんなここに丸投げにされてたのよ」

「そ、そうだったんですか」

「初期メンバーは本当に大変だったんじゃないかしら。……でも、自殺したいって考えるくらい追い詰められてる人って、結局『自分の存在』を誰かに認めてほしい人が多いから……大変だけどここに生き甲斐《がい》を感じて今も残ってる人が多いのよね」

「…………」

承認欲求。要らない人間じゃないって、思われたい。

うん、分かる。すごく、分かるや。

「まあ私もその一人なんだけど……」

「そうなんですね……」

「今は同じぐらいここみたいなお店をリアルでも出せたらなって、少し思ってるのよね。けど、これだけのお店を出すと、ここにあるものみーんな売り捌《さば》いてからじゃないと心残りというか……」

「そうですね」

ここにあるものがみんなチーカさんの作ったものなら気持ちは分かる。

私も新型缶詰の製造に携わった事があるもの。

子どもの頃の事だから、当然権利的なものは父さんが持ってる。私には思い出と経験くらいなものね。

お母さんは私にもっとすごい缶詰を開発させて、またぼろ儲《もう》けしようと画策《かくさく》してたっぽいけど。

…………缶詰かぁ。ゲームの中に缶詰はあるのかなぁ？

アイテムボックスがあるから、食べものの保存は難しくないだろうし。あるわけないか。需要がないよね。

「ああ、また自分の話しちゃった。ごめんね、歳取るとダメねぇ。はい、『エレメアン王国』の地図は六百円になります」

「はい、六百円ですね」

早速がま口財布を使わせてもらいます！

この財布を買った時のお釣りで地図を購入っと。これもアイテムボックスにイン！

「他になにか必要なものはある？」

「えっとー」

……それはそれとして『歳取るとダメねぇ～』って……チーカさんってリアルの年齢何歳なんだろう。

いや、聞かないけどね？

「…………」

店内を物色しつつ、買うべきものを検討する。

その最中、ずっとうるさかったルーズベルトさんがものすごく大人しくなっているのに気がついた。

なにあれ、どうかしたのかな？　お腹《なか》痛いの？

……そういえばリアルの体が病気になったらどうするんだろう？

いや、キャロラインたちの話だとリアルの体は医療機関に管理されてるから大丈夫かな。

って、そうじゃなくて……。

「ルーズベルトさんはなにも買わないんですか？」

「ひっ！」

ハイル国王に「買いものの仕方を教えてあげてくれ」と言われているので、彼にもなにか買いものをしてもらわないとね。

後ろから声をかけると面白いくらい跳ね上がる。

ええ、私が驚かせたみたいになっちゃった。

「あ、う、うん！　……お、俺も、じゃあ……そうだな、うん、さ、財布！　財布、買おう、かな……」

「ええ、お好きなのをどうぞ」

様子が変。なにか考え込む感じ。奥の棚の前で色々手に取り、悩む背中。

……チーカさんは四年前からこのゲームにいる。この人はどのくらいここにいるのかな。

買いものもまだした事ないなんて、ずっと引きこもってるからだろうけど。

「傘」

「雨がっぱの方がおすすめよ」

「こんなものまで作れるんですね」

「ええ、錬金術のスキルを使って、スライムをぺしゃんこに加工したのよ。それを更にアクセサリー師のスキルで引き伸ばして、裁縫師のスキルで服にしたの！」

「裁縫師！」

服を作るスキル！

「それ、どこで取得出来るスキルなんですか⁉」

「あら、裁縫師志望？　それなら初期職を『商人見習い』か『アクセサリー師見習い』にしてスキルツリーを解放していくと取得出来るわよ。解放が早いのはアクセサリー師見習いだったかしら」

「アクセサリー師見習い」

「でも『商人見習い』も『アクセサリー師見習いも』戦闘スキルが一つもないわよ。最初は絶対戦えるスキルを習得していった方が良いわ。町の中にも盗賊や強盗、ならず者がうようよしてるからね！　倒せばお金がもらえるから、あれはあれで美味しいんだけど」

……め、目が完全に獲物を狙うそれだ……！

そうか、戦い方を身につけて、お金が足りなくなりそうになったらやっつけて稼ぐのね？

うーん、それなら確かに最低限の戦闘スキルはないとダメかな。

「戦闘スキルなしではやっていけない感じですか？」

「そんな事はないけど、いわゆる『ないよりあった方が便利』という感じよね」

「なるほど」

「私も『剣』と『ナイフ』と『短剣』『棒』以外は持ってないし」

ぼ、棒？　そんなスキルもあるのか。棒……。

「これ、ください」

「はい。三十円になります」

「……」

ルーズベルトさんが赤い二つ折りのお財布を持ってきた。袋から千円の硬貨を取り出す。

私のように、購入した財布にお金を入れていく。

お金を入れた財布はアイテムボックスへ。そうすればステータス画面に所持金が表示されるようになる。

「…………」

「どうですか、買いもの」

「……簡単、だった、かな」

この人はリアルでどんな生活をしてたのかな？

買いものもした事なかったとか言わないよね？

「あ、そうだ。冒険に行くなら武器の他にナイフは必ず買った方が良いわ。薪《たきぎ》を拾うのも良いけど、枝を切ってアイテムボックスに入れてしばらくすると『枝』から『薪』になるからオススメ。野宿の時は必須ね。ちなみに毛布はいかが？　あるとないじゃ大違い」

「おいくらですか？」

「五十円よ」

商売上手なチーカさんの言うままに、雨がっぱと毛布も購入。

ナイフは武器屋さんで買うとして……。武器がいくらか分からないから使いすぎるわけにはいかないよね。

「あとはランプ！　暗くなったら使えるわ。ランプを買うなら蝋燭《ろうそく》も！」

「うう……い、頂きます」

「百円になります。そうだ、野宿するなら自炊《じすい》もしないとね。鍋は？　お玉もあるわよ。お皿とスプーン！」

「い、頂きます」

「そうだ、タオルも何枚か買っていきなさいな。突然温泉に巡り合うかもしれないから大きめなのを二枚と、小さいの五枚ぐらい。セットで五十円！」

「い、頂きます」

　あぁ……なんだかエンジンかかってきてる～。

　でも言ってる事ごもっともで断れない～。

「ノートとペンは？　クエストはメニューから見られるけど、なにかあった時あった方が絶対に良いわよ」

「あ、頂きます」

　デザイン画を描き溜めておけるものね。

　それにしても本みたいなノートなんだ。いっぱい描けそう。

「ハンカチ、傷薬！」

「い、頂きます」

「毒消し、麻痺治し、煙幕玉！」

「い、頂きます」

「ロープ、手鏡、釣竿《つりざお》！」

「つ、釣竿は頂きます」

「包装紙、紐、折りたたみ椅子！」

「……頂きます……」

　なにかに使えるのかな、と思いつつ、以前別のゲームで『ネバネバのカエルの心臓』というアイテムがクエスト品でアイテムボックスにしまえず、手で持ち運んだ苦い経験をして以来、包装紙と紐は必須アイテムと学んでいるのだ。

折りたたみ椅子は微妙だけど、地面に直《じか》に座るよりはあった方がありがたいと思った。

と、いうか……そろそろ武器屋さんに行きたい。

「寝袋！　座布団！」

「頂きますっ」

「女性一人でも簡単折りたたみテント！」

「頂きますっ」

「トング！」

「頂きますっ」

……あぁぁぁあ……。でも気持ち悪くて触りたくないものって絶対ありそうだからトングはほしい～。

「手袋！」

「頂きますっ」

「あ！　あれを忘れてたわ！　アイテムボックスショートカット用カバン！」

「……アイテムボックスショートカット？　カバン？」

「そう。いちいちステータスを開いてアイテムボックスを開いて、必要なアイテムを捜す手間を省いてくれるの！」

「！」

誘導されたのはカバンがたくさん展示された棚。

あ、それでカバンが展示されていたのか。

確かにアイテムが増えるといちいちステータスを開いてる時間はもったいない。

「音声認識でアイテムを取り出せるようになるわ。旅をするなら必須アイテム！　ちなみに引ったくりに遭っても持ち主以外にアイテムは取り出せないから安心。盗られるのはショートカットカバンだけよ」

「か、カバンは盗られるんですか」

「もちろん。アイテムボックスにしまっていないものは盗賊やならず者、他のプレイヤーも触れるし盗めるわ。ショートカットカバンはちょっと高いし便利だから、コレクターもいるの。……だから肩かけ用がオススメ」

うーん、ほしい。でもちょっと高いのか……。

「ちなみにおいくらで……」

「七百円！」

財布三十円とするなら確かに高額……。

でも、確かに便利そうだし買っておいて損はないかな？　よし、買おう！

この緑色の肩かけカバンにしよう。肉球のアップリケと丸い耳が二つついてる蓋が可愛い。

「ちなみに合計今いくらですか？」

「五千円ね」

「……じゃ、じゃあこれで最後で……。武器や防具が買えなくなると困るので……」

「あ、そうだったわね！」

ほほほ、と愛想笑いしているのを見るとまだまだ色々買わせようとしていたのかな？　こ、こわい。

次来る時は気をつけなきゃ……。

「………」

次、来る時、か。

「あなたは他にもなにか買っていく？」

「え、あ……い、いや、俺は……」

「………」

ルーズベルトさん、途中から様子がおかしかった。一体どうしたんだろう？


さてと、まあ、ルーズベルトさんが大人しくなったのは気になるけど……次は武器と防具よね。今のままじゃ弱くて戦えないし。

レベル概念のあるゲームなら多少力押しでもなんとかなるけど、ＰＳ頼みのゲームは苦手だから準備はしっかりしておきたい。

ルーズベルトさんと一緒に訪れた武器屋さんは、ＮＰＣが運営するお店。

そこでまず武器を選ぶのだけれど……。

「いらっしゃい。武器屋は初めてかい？」

「はい。あの、冒険者の武器を見せて頂きたいんですが」

「ああ、いいとも。ビギナー冒険者にオススメなのは『ナイフ』『短剣』『棒』『槍』『吹き矢』。ＰＳに自信があるなら『短刀』『弓矢』『剣』もある」

「ええと……」

待って待って待って。ふ、吹き矢……吹き矢って！　……それでモンスターが倒せるとは思えないんですけど！　そこからどんなスキルが得られるの!?

でも、意外ととんでもスキルになるのかも？

……いや、待って冷静になるのよ私。吹き矢って初心者向けなの？

空気を送り出して矢を放つ。それだけの肺活量が私にある？

「………な、ナイフと、槍を見せてもらえますか？」

ない。そんな肺活量、私にはない。

だからさっき教わった通りナイフと、そして距離を取ったまま戦える槍を見せてもらう事にした。

槍といえばルーズベルトさんも槍を装備してる。

入り口の横に佇《たたず》むルーズベルトさんを振り返ると、俯いて暗い顔をしていた。

ええ、一体なんなのぉ……。

「ほいよ」

「ありがとうございます」

差し出されたのは片刃のナイフ。私の指先から肘ぐらいまである、大きいな。

でも、大きい方が少し高いところにある枝も切れるだろう。

値段は五百円。多分、高い。

でもまあ、いいか。残金的には最低千円くらい残しておきたい。

「槍はビギナー用のだ」

「あ、軽い……」

それに思ったほど長い槍ではなかった。

棒にダイヤ型の刃がついている、という感じのシンプルな槍。

まあ、とりあえずこれでやってみようかな？

「ナイフをメインに使うなら、盾も買っておくといいぞ。ビギナーには扱いは難しいかもしれないが、装備しているだけで『耐久』が上がる」

「そうなんですか？」

なら買っておくのもありかな？

耐久は防御力の事だ。低いより高い方がＰＳに自信のない私には必要かもしれない。

「……ところで、そこにいる兄ちゃんは騎士だろう？　見たところ見習いのようだが」

「っ！」

店主が声をかけたのはルーズベルトさん。

声をかけられたルーズベルトさんはすごく嫌そうにびっくりした顔を上げた。

「最近この界隈《かいわい》にならず者が出て困ってるんだ。騎士見習いならなんとかしてくれないか？」

「！」

ぽこん、とルーズベルトさんの前に濃紺のモニターが現れる。

あ、もしかしてこれって『クエスト』？

へー、こんな風に普通の会話から受けられるんだ？

店主さんのカーソルは普通の白。他のゲームだとクエストを受けられるＮＰＣは色が違ったりするのに。

あ、それとも職業によって見え方が違うのかな？

「わ、悪いけど……まだ実戦は……」

と、ルーズベルトさんは断る。

するとモニターは消えて、店主のおじさんは「そうか。じゃあまたの機会に頼むよ」とだけ言う。

「……おじさん、ならず者って強いんですか？」

「ん？　いや、そんなに強くはないと思うぞ。でも俺はこの店があるからな。奴らをぶん殴って留守にした隙に、泥棒に入られるかもしれないだろう？」

「なるほど」

つまり普通の人。武器を持っていれば多分勝てる、的な説明をされた。

でも、さすがに最初から人の姿をしてるエネミーとは戦いたくないので……。

「……じゃあ、あの、このナイフと槍をください」

「はいよ」

合わせて千円。残りは三千円か。

うん、装備を調えるのに間に合いそう。もう少し傷薬を買っておこうかな？

「…………」

武器屋さんを出るとルーズベルトさんはますます暗い顔になっていた。出会った時とはまさしく別人のよう。と、いうか別人になりすぎてて…………怖いんですけど？

「あのー」

「！」

「私、買いものが終わったら下町にある支援宿舎というところに行ってみろ、って言われてるんです。その、防具屋での買いものが終わったら、そっちに連れてってもらえませんか？」

今日の寝床だ。旅立ちは明日。

お城に寄って、キャロラインとハイル国王にご挨拶したら町の外に出る。

不安だけど、最初は下町の辺りでスキルツリーを解放していって、『商人見習い』や『アクセサリー師見習い』のスキルツリーも解放していくようにする。

町から出る時は冒険者に戻して、素材集めをして『素材知識』のスキルツリーを解放していく。

自信がついたら遠くへ足を延ばす。

素材集めがあるって事は、素材は町で売れるはずだからチーカさんに色々聞いてみよう。

あれ？　この町を拠点にするなら今日無理にテントやお鍋は買わなくても良かったんじゃない？

し、しまった……！　勢いに呑まれてまだ要らないものまで買っちゃった！

「……支援宿舎か、そうか、う、うん、分かったよ」

「あの、どうかしたんですか――」

やっぱり様子が変だ。具合が悪いのなら、場所だけ聞いてあとは自分で……。

そう思った時。

「ヒィヤッハ――――！」

「あっ!?　いっ！」

「!?　シアちゃん！」

カバン……！

アイテムボックスショートカットカバンが、引ったくられた⁉

「シアちゃん！　大丈夫⁉」

肩に斜めがけていたカバンを、無理やり引き剥《は》がされた。

お陰で地面に顔面を打ちつけちゃった……痛い。

くわんくわんとする頭を抱えながら上半身を起こすと、笑い声は遠退《とおの》いていき、ルーズベルトさんの声は近くに聞こえてくる。

なに、今の、引ったくり……だよね？

「……あ……カバン……」

「っ……」

「…………」

『初期装備のプレイヤーを襲うプレイヤーが、時折現れると報告がある』

……一瞬だったけど色つきのカーソルだったのは見えた。

間違いない、さっきのがハイル国王の言っていたプレイヤーを襲うプレイヤーだ。

アイテムボックスは、プレイヤー本人しか使えないから中身は無事だけど……ショートカットカバンは高いし、あれはチーカさんの手作りで一点もの。

「…………」

ぱた、と砂の地面に水滴が落ちる。

涙——。

「シ、シアちゃん……」

ひどい。同じプレイヤーなのに、あのカバン。

姑息だし、ひどい。高かったのに、蓋は丸い耳がついてて緑色で可愛いカバン。

肉球のアップリケがついてて、これにしようって思った。

一目で気に入って、これにしようって思った。

ううん、それよりも……ゲームの世界に逃げ込んできても、私は私のものを人に奪われるの——？

「………、……きょ、今日は、あの、支援宿舎で、休む？」

「……防具屋に、連れてってください……」

「で、でも……」

「初期装備のままだったのがいけなかったんです……」

涙を拭い、立ち上がって砂を払う。

雑貨屋のあと、防具屋に来なかった私の落ち度だ。もちろん盗む奴が一番悪いとは思うけど……。

「っ……」

「…………」

防具屋に着いて、防具屋のおじさんにも泣いてる事をとても心配されたけど……まあ、なんとか装備は揃える事が出来た。

革のジャケットと軽い鉄の胸当てと、鉄のベルト。柔らかだけど防御力のあるジーンズ生地風のショートパンツ。革のブーツ。

あまりにも心配するおじさんに私が泣いている理由をルーズベルトさんが説明すると、なんと百円も値引きしてくれた。

そういうのはいいんだけどなぁと思いつつ、その優しさがなんか嬉しかった。

そして一番びっくりしたのは――。

「はあぁ!?　引ったくり！　あんた騎士見習いだろう!?　なんでみすみす引ったくられてるんだ！」

と、ＮＰＣのおじさんにルーズベルトさんが叱られた事だろうか。

おかげで涙が引っ込んじゃった。

「え、あ……と、咄嗟《とっさ》な事で……」

「全く……しっかりしてくれよ！　俺たちの税金で飯食ってんだろう？　まあ……倒れた女の子を放置しなかっただけマシだけどな……」

「……すみません……」

「ああ、もう良いよ。この子が怪我《けが》もなく、更にならず者に狙われなかったのは騎士さんが横にいたからだろうしな。……でも、あの引ったくりは時々いかにもこの町に来たばかりの奴を狙って悪さするんだ。早めになんとかしないと、また被害者が出るぜ？」

「…………」

頭をかくおじさん。

そんなおじさんの言葉にますます深刻そうな顔になるルーズベルトさん。

……そういえばこの人引きこもりだっけ。

辛い目に遭ってこのゲームに逃げ込んできたのに、こんな風に叱られたら重く受け止めちゃうんじゃないかな……。

……おじさんの言ってる事はものすごくごもっともだと思うけど……。

「ええと、それじゃあ支援宿舎に案内する、よ」

「はい」

ルーズベルトさんの気持ちもなんとなくだけど、分かるから……私からはなにも言えない。

明日、お城に挨拶に行く時それとなく引ったくりをしてるプレイヤーについては報告しておこうかな。

これ以上私みたいな気持ちになるプレイヤーは増やしたらいけないと思うもの。

……ルーズベルトさんは、確かに騎士だけど……まだ見習いだし、きっと対人戦なんて出来ないんじゃないかな。PSが得意でも、対人戦闘は勝手が違うから。

簡単じゃない。

簡単じゃないんだよ、ね。

「あの、今日の事……あんまり気にしないでください、ね」

「え？」

「なんか、顔が深刻になってるので……」

「え、あ……う、うん……いや、でも……」

『基本的にプレイヤーさんは病んでおられますわ』

と、キャロラインは笑顔で言っていた。

私も『でしょうね』と思った。

多分、私より年上だと思われるルーズベルトさんが、リアルでどんな目に遭って、どうしてここに来たのかは分からないけど……確実な事は『この人も死にたいと思い詰めた』人という事。

そのデリケートな問題においそれと首を突っ込む勇気は私にはない。

でも、辛い目に遭ってここに来たという事だけは分かるから……。

「……今日は色々ありがとうございました。おやすみなさい」

「………おや、すみ……」

空は藍色。もうそろそろ日が暮れる。

お腹をさすりながら宿舎に入ると、カウンターにおばさんのNPCが立っていた。

「いらっしゃい、新人かい？」

「はい。これをお願いします」

「お、もうお城で登録してきた子か。はいよ」

アイテムボックスから通行証を取り出して見せる。

冒険者としての身分証にもなっているので、宿舎で見せれば少しいいご飯が食べられるらしい。

「あの、食事はすぐ出来ますか？　お昼ご飯を食べるのを忘れていて……」

「あらら、ドジっ子さんだねぇ。食堂は入ってすぐ右だ。部屋は三階になるけど上り下りは大丈夫かい？」

「はい」

「風呂とトイレは部屋についてるから自由に使いな。他の部屋に迷惑にならないように頼むよ。ほとんど引きこもってるだけだけどね」

「……分かりました。ありがとうございます」

引きこもってる。

この世界《ゲーム》にいるのに、まだ動く事も出来ないぐらい傷ついている人たち。

死にたいほど苦しみ続けている人たち……。理由は分からないけど、きっと中には私よりも辛い目に遭った人がいるんだろうな……。

ルーズベルトさんも……もしかしたら……。

――その日は食堂でご飯を食べて、お部屋のお風呂で体を流してそのまま寝た。

悲しい事はあったけど……明日はお城に行く。

キャロラインに会う。

大丈夫、まだ二日目じゃない。

リアルよりよっぽどマシよ。

大丈夫……大丈夫……。

「ぐすっ……」

……この世界の悪いところは涙が本当に出るところ。

ベッドが濡れて、寝た気がしない。

第二章　前を、向く

三日目の朝。

装備を整えて、階段を下りる。

宿舎の中はびっくりするほど人の気配がするのに音がしない。

部屋番号の入った鍵をカウンターのおばさんに渡すと、今日も泊まるのかと聞かれる。

町の外でモンスターと戦ってみるつもりだけど、不安だから今日もここで休みたい、とお願いすると笑顔で頷かれた。

朝食もタダなので、ありがたく食堂で食べる……の、だけど……。

「……引きこもってる人たちってご飯どうしてるんだろう？」

食堂は本日も……昨夜同様、誰もいませーん。

部屋のテーブルに時間が来たらご飯が転送される、とかなのかな？　まあ、多分食べてるだろう。

「ごちそうさまでしたー」

パンとポタージュ、ベーコンエッグと実にシンプルな朝食だったけど……あれ、引きこもってる人たちよりも豪華なのかな？

だとしたら引きこもってる人たちどんなもの食べてるんだろう？

「……まあ、私が気にしても仕方ないか……。行ってきまーす」

「行っといでー」

大通りを通ってお城に向かうのだが、途中にチーカさんのお店がある。

朝早いのでまだ開店してない。

帰りに寄って、カバンの事謝ろう。

引ったくりが一番悪いと思うけど……せっかくチーカさんが愛情込めて作ったカバンを盗られたのは、なんか申し訳ないし。

お金はまだあるから、もう少しPSに自信がついたら買い直そう。

あ、PSといえば……槍って装備しただけじゃ『槍』のスキルツリーが解放されるわけじゃないらしい。

多分『使って』みないとダメなのだろう。

うう……シビア……。


「おはようございます。あの、国王様と王妃様にご挨拶に伺ったのですが……」

「ああ、昨日の。はい、聞いておりますよ。応接間にご案内しますのでそちらでお待ちください」

「ありがとうございます」

……王様と王妃様、気軽に会えすぎではなかろうか。

まあ、ゲームの中だし別に良いか。

兵士のNPCに案内されて応接間に通される。それから三分ほど待って、今度はメイドのNPCに案内されて謁見《えっけん》の間にやってきた。

昨日と同じ服装の二人だけれど、玉座に座ってると別人のよう。

私も許されるだけ近くに行って、片膝をついて頭を下げた。

なんか今までで一番まともに王族と会った気がする。

「おはようございます、ハイル国王様、キャロライン王妃様」

「ああ、おはようシア。昨夜はよく眠れたか？」

「はい、とても」

「ふふふ。それはなによりですわ。昨日の買いものはつつがなく？」

「……、……はい、槍を購入しました。近接は自信がなくて……」

「そうですか。初心者の方にはその辺りが良いかもしれませんわね。『剣』のスキルツリーを伸ばしていくと比較的すぐに『細剣』が開くのですが、あれはクリティカルが出やすい反面PSがある程度必要になりますから……でも、軽くて女性には扱いやすいんですの。余裕が出来たら検討してみてくださいませ」

「はい、ありがとうございます」

ハイル国王が『始まった……』みたいな、仕方ないけどそこが可愛い、みたいなはにかみ笑顔でキャロラインを見てる。

多分キャロラインの性分なんだろうなぁ。どうしてもプレイヤーに肩入れしちゃうというか……。

「すぐに旅立つのか？」

「いえ、しばらくは下町の支援宿舎を拠点にスキルツリーを解放していこうかと……」

「そうか、その方が安全ではあるな。ふむ……だが、一人ではすぐに限界が来る。目的もなく歩くよりは冒険者支援協会に登録してクエストをこなしてみるのはどうだ？」

「冒険者支援協会？」

冒険者ギルド的なものかしら？　名前が非常に日本っぽい言い方になってる？

「ああ。キャリー、説明を」

「はいっ！」

……力強い返事。

キャロラインが説明したそうにソワソワしてたのは私からも見えた。

ハイル国王、キャロラインに丸投げたというより、説明させてあげたんだろうな。

キャロラインの満面の笑顔にほっこりした顔してる。

「冒険者支援協会はいわゆる『冒険者ギルド』ですわ。登録して支援協会の建物へ行けば、掲示板からクエストを受注出来ます。それなりに実績を重ねれば、指名でクエストが来る事もありますわよ。他のゲームのようにランクは設定されませんが、有名になれば『二つ名』『通り名』で呼ばれるようになりますの。そちらで仲間を探したり、募集中のパーティーに参加したりも可能です。更に条件の合う冒険者NPCを雇う事も出来ますわね。他にも宿屋の予約や荷物や、お手紙を出したり、受け取ったり、アイテムの売買、新しい町で迷子になったら道を教えてくれたり、拾得物《しゅうとくぶつ》の扱いも……とにかく『困ったら行け！　あとは受付がなんとかしてくれる！』的な場所ですわ」

「へえ……」

交番やコンビニ、郵便局みたいな役割もあるのね。

宿屋の予約とかは便利そう！

「プレイヤーが不安なら冒険者NPCを雇うと良い。一人より心強いはずだ。確か、十円ほどから雇えたはず、だな?」

「はい!　お高い冒険者NPCは百円くらいかかりますが、その分良いスキルを教えてくれたりしますのでそこにお金は惜しまない方がよろしいですわ!」

「え、スキル教えてくれるの!?」

「ああ、『採取』などのスキルは安く雇える冒険者NPCでも持っている。頼めばやり方を教えてくれるはずだ。色んな冒険者NPCを雇う事で、スキルは増やせるだろう」

「そうなんだ……!」

すっごい良い事聞いた!　自分で実践して覚えるしかないと思ってたけど!

じゃあ早速行ってみようかな。あとで場所の確認をしないと!

「冒険者支援協会に行くのでしたら第一柱大通りを真っ直《す》ぐに進むと、下町の側にありますわ」

「支援宿舎がある道?」

「ですわ」

ええ、気づかなかった。

まあ、チーカさんのお店に行く予定だったからちょうど良いか。

「分かりました!　色々ありがとうございました!」

「いつでもいらしてくださいませ。あ、わたくし、お仕事のない時は第三柱大通りのパン屋さんにおりますので!」

「最近めっきり開けていないがな」

「そうなんですぅ……新規さんがひっきりなしで……あうう……」

「俺も仕事がない時は冒険者NPCとして雇われ待ちをしている。見かけたら雇ってくれて構わないぞ」

「はいぃ⁉」

王様が雇えるの⁉　このゲーム――――⁉

＊＊＊

あー、びっくりした。

まさか王様が「キャリーが王妃兼新規プレイヤーの出迎えNPC兼パン屋なように、俺も国王兼冒険者やってるから！」とドヤ顔で言ってくるとは誰が思う？

お、王様は間違いなくお高い冒険者枠なんだろうなぁ。

まあ、本人が雇えと言うのなら、見かけたら雇おう。

「！」

いや、待て。現実よりも物価が安いなら買取価格も相当安いのでは⁉　やっぱり無駄遣いはダメだわ！

キャロラインには「そこにはお金を惜しんではいけませんわ！」って言われたけどやっぱり一番安い人からにしよう！

「あ！」

考え事してたらチーカさんのお店を通り過ぎてた。

　さすがにもう開店してるな。

「おはようございます」

「あら、シアちゃん！　今日も来てくれたの？　なにか買い忘れ？」

「あ、いえ。……実は……」

　昨日、十分すぎるほど買ってしまったので買いものはなし。

　そうではなくて、昨日の引ったくりの事を話した。カバンを奪われた事。

　他に出来る自衛って、ないのかな。

「というわけで、せっかくのカバンは盗まれちゃって……」

「ああ、聞いたわ、ルーズベルトって人に」

「え？」

　ルーズベルトさん？

　昨日、あのあとチーカさんのところに寄っていったの？　なんで？

「同じカバンはないかって言われたから、あれは一点ものって説明したのよ。そしたら思い詰めた顔しちゃって……」

「えぇ……？　どうしてそんな……」

「責任を感じたから同じものを買って弁償しようとしたのかもしれないわね。『あんたが弁償しても仕方ないでしょ』って言ったけど。そもそも、責任を感じたなら引ったくりしてるプレイヤーをとっ捕まえればいいのよ。見習いとはいえ騎士なんだから！」

　ごもっとも……。

「それにしても、肩かけカバンを斜めにかけてても引ったくられたって……相当無理やりだったんじゃないの？」

「はい、かなり強引でした……。地面にひっくり返って顔打ちつけちゃうぐらい」

「きっと自分を追い詰めて、攻撃的になってるタイプのプレイヤーでしょうね。全部周りのせいにして自分を守る、特に心の弱い人間よ」

「…………！」

自分を守る為……。その為に周りを悪者にする。

そんな人も、いるんだ……。

「……セラピストプレイヤーが来てくれると良いけど……まだ時期じゃないはずだし……」

「？　セラピストプレイヤー？」

「ああ、政府から派遣されて来る医療関係者のプレイヤーよ。時々様子を見に来るの。それ以外にも、委託《いたく》されてセラピストプレイヤーのアバターを強化してる、エージェントプレイヤーなんてのもいるわよ」

「わ、わあ……」

さすが政府公認VRMMORPG……普通のゲームにはそんなの絶対いない。

「エージェントプレイヤーはセラピストプレイヤーのアバター強化以外にも、外からの連絡役だったりするの。中から外に連絡を取りたい人がいたら、冒険者支援協会に依頼が出来るわ。あ、冒険者支援協会って分かる？」

「さっきキャロラインから聞きました」

「え、普通にキャロライン様に会えるのあなた!?」

「え？　新規プレイヤーのお出迎え時以外は、第三柱大通りのパン屋さんにいるって言ってましたよ？」

「は、はあああぁ!?」

……チーカさんでも知らない事があるのね。

むしろ、灯台下暗し？

「第三柱大通りね！　今度お店が休みの時に行ってみるわ！」

「は、はい」

パン屋さんしてる時のキャロラインって、なにかプレイヤーサポートとかするのかな？

その辺なんにも言ってなかったけど。

「あ、まあ、つまりね、エージェントプレイヤーはゲーム上級者の中でも粒揃い。会ったら是非《ぜひ》仲良くなっておく事をお勧めするわ！　っていうか紹介して！　イケメンなら特に！」

「アバターなのでは？」

「中身イケメンってところが重要なのよ。三十代だとなお良し！」

「女性もいるんじゃないんですか？」

「うん、だから男の人だったら！」

「リアルの事はさすがに教えてくれないんじゃないんですか……？」

「ものは試し！　チャレンジあるのみ！　既婚者はノーセンキュー！」

「それじゃあ自分で聞いてくださいね……」

出会ってもいないうちからそんな事言われましても……。

紹介ぐらいなら……良い雑貨屋さんがあります、くらいでなんとかなりそうだけど……そもそもそんなに数がいないいんじゃないの？

まあ、チーカさん、エージェントになるぐらいならリアルでもエリートなのかもしれないけど。

綺麗な顔が台無しな形相という事は未婚？　結婚適齢期？

「約束ね！」

「はぁい……」

チーカさんはリアルに戻っても絶対やっていけそうだなぁ。

「それで、盗られたカバンはどうするの？」

「……どうなるんですかね？」

「そうね……他のプレイヤーに転売されているかもしれないわね」

ぬぅ……ゲームの中でも転売ヤーがいるのね？

盗んだものの転売って禁止されてないの？　ゲームの中なんだから、そういうシステム作ってくれれば良いのに。

あ、そういうのを研究するのが『研究者』さんとかの仕事？　頑張れ、めっちゃ頑張れ。

「新しいの、買う？　それとも同じデザインで作ってあげようか？」

「…………。いいえ、自分で作ります！」

「！　へえ？」

チーカさんがどんなスキルを持ってるか分からないけど、カバンは布製品だった。

これから服の作り方も勉強するつもりだし、なにより、ショートカットカバンって『魔法のカバン』じゃない？

私が作りたいのは『魔法のドレス』！　用途は違うけど、練習にはちょうどいい！

「必要なスキルを教えてください！」

「良いわよ。ついでに『ショートカットカバン』のレシピも教えてあげるわ。難しいわよ～？」

「頑張ります！」

うん、頑張る。

リアルと違って邪魔も入らないし、きっと出来る！

この世界はやりたい事をやりたいように出来る世界！　私はもう家族の望むものを作らなくて良い。自分のやりたい事をやっても良いんだ！

やりたい事、作ってみたいもの……実はたくさんある。

ドレスは筆頭だけど……小物も興味あるんだよね！

ボレロとか手袋とかカバンとか靴とかパニエとか……。ドレスにつけるレース、ボタン、刺繍《ししゅう》。

色々勉強しなきゃいけない事がたくさんある。

それにチーカさんのお店の中で可愛い財布やカバンを見てたら、やっぱり裁縫を覚えて自分でも作ってみたくなっちゃった！

うん、泣いてなんかいられない。泣いたあとはもう一回頑張るんだ！

「ノートあるわよね、昨日買っていった……」

「はい。書いてくれるんですか？」

「うん、貸して」

「はい！　あ、財布のレシピも教えてください！」

「良いわよ。イケメン紹介一人追加ね」

「……う、うぉう……」
レ、レシピの対価が、お、重い……！

＊＊＊

チーカさんのお店をあとにして、次に向かうのは冒険者支援協会。

この通りを下町の支援宿舎に向かって歩く途中って言ってたな。

昨日はカバンを盗られてそれどころじゃなかったから……今日はちゃんと周りのお店を覚えないとね。

えぇと……あ、これかな？　大きな建物がある。塔みたいな……あ、時計塔だ！

お城に泊まった翌朝に見えたのは、この建物かもしれない。

「……すっごい日本語……！」

洋風の街並みを華麗にスルーして、看板にめちゃくちゃ達筆な日本語で『冒険者支援協会』って書いてある！

いや、ゲームの中だし当たり前だと思うけど！

確かにチーカさんのお店の立て看板も日本語だったけれども！

この建物の姿で堂々とした日本語だと違和感があるというか！　ええい、もう良いや！

「おはようございます……？」

「いらっしゃいませ」

笑顔で出迎えてくれたのは茶髪の女の子。カーソルは白だからＮＰＣだ。

「登録をしたいんですけど」

「かしこまりました。身分証、または通行証を拝見してもよろしいでしょうか？」

「はい」

冒険者としての身分証にもなる通行証を、アイテムボックスの貴重品欄から取り出して差し出す。

受付ＮＰＣはそれを受け取ると、一枚の紙の上に載せる。すると、スゥ、と文字が紙に浮き上がっていく。なにこれすごい。

「登録完了です。お返しします」

「あ、ありがとうございます」

「他にご用向きはございますか？」

「……あ、はい。スキルを色々覚えたいので、えっとＮＰＣの冒険者を雇いたいんですが……」

「では条件をこちらに記入してください」

と、手渡されたのは薄いモニターだ。

持てる……でも紙みたい。

ファンタジーなのに所々ＳＦっぽいゲームだなぁ。まあ、現実味が残ってるのは配慮だと思うけど……。

「ええと……性別希望、なし。……年齢の希望？　なし、かな？」

なんだこの項目は。

まあ、男の人苦手、女の人苦手っていう人がいるのかもしれないな……………男性希望に変更しよう。

ええと、あとは希望職業。『採取』はほとんどの冒険者NPCが持ってるってハイル国王様が言ってたし、あまり縛りをつけない方がいいかな？　希望なしっと。

次は値段。……うーん、一応五十円くらいまでで……備考欄？　特になしかな。どんな時に使うんだろう、備考欄。

「お願いします」

「はい、お受けし……あら、ビクトールさん」

「おはようクミルチさん。新しいクエストはある？　……っと、ごめん、君が先だったね」

「あ、は、はい」

カーソル緑。プレイヤーだ。

赤い髪はルーズベルトさんと似てるけど、この人の場合はどちらかというと朱色。毛先にかけて、白く薄くなっているグラデーション。

眼鏡の奥の瞳は薄い紅色。

ルーズベルトさんよりも下の位置で髪をひとまとめに結っている。

長さは……わあ、地面すれすれ……こんな長く出来るんだ……？

男女共に綺麗に顔を作る人が多いらしいけど、この人の顔のメイキングは……割と……結構……それなりに……いや、うん、かなり……好き、かも。こ、好み的な意味で。

ぱっと見普通の域を出ないんだけど、きちんと整えられていて、穏やかな印象の顔立ち。笑顔も優しくて、性格もきっと優しいんだろうな、なんて勝手に思ってしまう。

腰付近までのケープに、短いけど杖？　魔法系の職業の人かな？

でもかなりがっしり体型のような……。

というか、背が高い。私は一六〇センチくらいで設定したけど、この人は一八〇センチ以上あるよ！

「そうだ、この方、今冒険者を雇おうとしてらっしゃるんです。ビクトールさん、お手隙《てすき》ならば支援して差し上げる事は可能でしょうか？」

「え？」

でもこの人プレイヤー……！

いやいや、私が探してるのは冒険者ＮＰＣ……！　なに言い出すんですか受付ＮＰＣのおねーさん!?

「ん？　俺は構わないけど」

「っ！」

ちら、と見下ろされる。君はどう、と言わんばかりの眼差《まなざ》し！

「……え、ええと……」

どうしよう。最初は冒険者ＮＰＣで練習しようかなって思ってたんだけど。

「お、お金って、かかるんですか？」

「は？　ああ、君ビギナーか。いや、プレイヤー同士の場合パーティー申請するからかからないよ。非戦闘職が護衛として雇う場合は料金が発生するけど……」

「……あの、でも、私まだ武器のスキルも覚えられてなくて……」

というかスキル未だゼロでして。

それなら護衛として雇う形の方が適切なのでは？

「ああ、そういう事か。良いよ……というか、俺も実はビギナーみたいなものなんだ」

「？」

「このアバターは弟が使っていたのを、俺がコンバートして再プレイ中なんだけど……弟のプレイスタイルと俺のプレイスタイルが全然違うから、戸惑う事ばっかりで……今簡単なクエストを受けながら、慣れてる最中なんだよね」

「コンバート……って……」

他のゲームから来たって事？

確かに運営の系列が同じなら、別なゲームからステータスをそのままに転換《コンバート》は可能。

基本アイテムは持ち込めない。

……いや、弟さんが元このゲームのプレイヤーだった？　で、お兄さんがそのアバターで再度ゲーム開始した？　は？

「え？　けど、このゲームって……」

普通のゲームじゃないのに？

「ああ、それ？　うん、このゲームを始めたのは弟。で、俺は弟が戻ってきてから弟と政府の人に頼まれてエージェントになった人、かな」

「エージェントプレイヤー!?」

「ん？　エージェントプレイヤーの事は知ってるの？」

「あ……さ、さっき聞いたばかりで……」

こんなに早く遭遇しますかねぇ!?　びっくりしたよ！　お、思ったよりもいっぱいいるのかな？

「そうか。でも見習いだよ。そもそもゲーム慣れしてなくて……上手く出来るか不安」

真顔でそんな事を言われるとプレイヤーの私も不安になるんですけど!?

「ええ、ですから初心者同士でパーティーを組んでみてはいかがですか？」

「「…………………」」

受付のお姉さんを凝視する私とエージェントプレイヤーのお兄さん。

マジかこの受付のお姉さん……いや、この笑顔はマジですね？

「……まあ、少しだけこのゲームでは先輩なだけだけど、それで良いなら？」

「……分かりました、私も一人よりは同じプレイヤーさんの方が心強いので……。シアです、よろしくお願いします」

「俺はビクトール。よろしくね、シアさん」

「私は今から『槍』を覚えようかと思ってるんですが……」

「んっ！　じゃあ町の外に狩りに行く？」

「はい。あと、可能なら『採取』を教えてもらえませんか？」

「良いよ」

あっさり……。

よ、良かった、今日中に『採取』を覚えられそう。

エージェントって事はこのゲームの中のプレイヤーの事情を知った上で、ここにいるんだろうし……悪い人ではない、よね。

「ビクトールってなにかのゲームのキャラですか？」

「うん。でも若い子は知らないかも……あ、キャラデザはさすがに似せてないよ？」

「そ、そうですか」

「それで、リーダーは君でいい？　パーティーは組んだ事……」

「あ、ないです……」

そうだ、パーティーの組み方！　どうやって組むんだろう？

ステータス、メニュー……えーと……？

「大丈夫？　慌てなくて良いよ。音声でも出来るけど、メニューからなら『コミュニティ』で『パーティー』で『募集・勧誘』の『勧誘』かな」

「あ、ありました」

これか。文字が大きい割に指が泳いでしまった。

音声でも勧誘出来るって言うけどどうやって？

それになんかその下に『ギルド』『フレンド』とか色々ある。

「……えっと、このギルドっていうのは？」

「クミルチさん」

「はい、ご説明致します」

スッ、とビクトールさんが受付のお姉さん、クミルチさんを見る。

満面の笑みを保ったまま、右手を差し出すクミルチさん。

え、NPCだと分かっているけど、その姿はプロにしか見えない……！

「ギルドはプレイヤー同士、気の合う仲間、目的や志を同じくする者同士が結成する団体の総称です。難易度の高いクエストや強力なダンジョンボスを攻略する為にパーティー、更にはレイドを組んだり致しますね。ギルドにはギルドスキルもございます。ギルドメンバーにバフがかかるスキルとなりますね。たとえば『レア素材確率アップ』『生産成功率アップ』『レアモンスター遭遇率アップ』などなど、ギルドの特性に合わせてギルドのスキルツリーを解放出来ます」

「！　ギルドにもスキルツリーが？」

なにそのバフ！　良いなぁ！

「はい！　ギルドは一万円で結成する事も可能です。ソロ専用ギルドや、採集専門ギルド、地図作りギルド……とにかく様々なギルドがございます。ギルドに入りますか？」

「い、いいえ！　まだ始めたばかりですから……」

「初心者支援ギルドというのもございますよ」

「……え、えーと、いえ……まだ、その……」

「まだ良いんじゃない？」

「かしこまりました！　他にご質問などございますか？」

「だ、大丈夫……、……フ、フレンドは？　どんな事が出来るんですか？」

予想はつくけど、知らない機能があるかもしれないし一応聞いておこう。

「フレンド機能はプレイヤー同士交流の結果、お互いに申請して受理されれば成立する『お友達機能』です。通話、メッセージのやり取りの他、パーティーへの勧誘、アイテムの譲渡、一定条件をクリアすると『カップル』、いわゆる恋人ですね！　更に更に『カップル』の状態で特別クエストをクリアすると『結婚』！　も！　出来ちゃいますよ！」

「けけけけけ結婚んん!?」

思いもよらない爆弾抱えてたフレンド機能――――！

「まあ、その辺はリアルと同じだよね。まずはお友達からって事で」

「っ〰〰〰〰〰」

「つけ加えますとこのゲームは政府公認です。ガチで入籍になりますのでご注意くださぁい～」

「ふぁ!?」

ほほほ本当に入籍!?　本当に入籍になるの!?　うううぅそおぉぉ!?

「あ、もちろん離婚も受けつけますよ」

「ふうっ!?」

「そして基本的には結婚したらゲームから強制退場です！　赤ちゃんは現実世界でしか作れませんからー！」

「あぁぁあぁ赤ちゃん!?」

「あとリア充はゲームの世界に要らない。末長く爆発しろ」

「…………………」

ク……クミルチさん……？

突然の真顔、怖いですっ……⁉

「などなどの市役所なんかでする手続きはお城、または自宅のある国の公的機関で受けつけております！」

「は、はあ……」

あれ？　幻覚だったのかな？

そ、それにしても、まさか本当に結婚出来るなんて……政府公認恐るべし。

「更につけ加えますと！」

「ま、まだなにか⁉」

「お城や他国の公的機関では選挙投票も受けつけております」

「せ、選挙⁉」

「はい。もちろん選挙権のある年齢の方に限りますが、選挙が現実世界で実施される際は『運営からのお知らせ』で、プレイヤーさんに連絡が来ます。情報等も政府のホームページから閲覧可能ですので、是非投票に行ってみてくださいね！」

「……選挙……」

そうか、選挙……そういえば私も選挙権がもらえる年齢なんだ。

選挙、ゲームの中でも投票出来るんだ……。

「ゲームの中なのに……」

「だとしても国民である事に変わりはない」

「………」

拳を握り締める。

そう、か。

ゲームの中に逃げ込んだ自殺志願者も国民の一人として、認められてるんだ。

私たち《わたしたち》は現実を捨てたつもりでこのゲームを始めたけど、現実は完全に私たちを見捨てたわけじゃなくて……中には信じて待ってる人がいるんだね。

まあ！　私の家族はアレだと思うけど！

「それに、今度ゲーム内の通貨が仮想通貨として公認される事になったそうだよ」

「え！　え!?　それじゃあこの世界で稼いだら現実世界でもお金として使えるって事ですか!?」

「そう」

そううぅぅぅ!?

しれっととんでもない事言ってますけどー!?

「でもほら、まだかなり物価が……」

「あ、ま、まあ、そ、それはそうですけど……」

そうね、微々たるものね……。

お財布が三十円で買える物価だものね……うん。

「でもさ、仮想通貨として認められるだけ、この世界の経済はこの世界に来たプレイヤーたちによって動き始めているって事なんだよ」

「……！」

「この世界に逃げ込んできた人たちは、自分を過小評価している人が圧倒的に多いけど、俺はそうは思わない。この物価の場所で、この功績だ。それもたったの五年で！　……この場所にいる人たちは、世間のお荷物なんかじゃない。とんでもない宝石の原石だ」

っ……！

……宝石の、原石。

「すでに仮想通貨化という実績があるんだ、間違いないよ。……そんな人たちが自信を取り戻して現実に帰ってきたらと思うとワクワクする。きっとこの国は爆発的に変わる！　そう思わない!?」

……この人の眼の方が、よっぽど宝石のようだ。

キラキラしてる。

いや、眼鏡に反射してとかじゃなくて……本気で、この世界に逃げ込んできた人たちを信じてる。

「……わ、私には……まだ、そこまでは……」

「あ！　そうか、ごめん。君は来たばかりの人だったもんね」

「でも、ビクトールさんがエージェントになった理由は分かった気がします」

「あ、そう？　まあ、全部言ったようなものだもんね、今の……ハハハハハ……」

「…………」

……うん、この人は絶対良い人だ。

それにこの世界のお金……まあ『円』だけど……これが仮想通貨として扱われるようになり、この世界で稼いだお金を個人の財産として現実世界に持ち帰る事が出来るようになるなら、尚更燃えてきた！

色々作ってみたい。

自分の力でどこまで出来るか、試してみたい！

「他にご質問などございますか？」

「えーと……今のところ……そのぐらいですか、ね？」

「かしこまりました。またなにかあればなんでもいつでもどうぞ！　あ、クエストはそちらの掲示板から受諾出来ます。掲示板にあるクエストにカーソルを合わせると、受けるかどうかを選択出来ますのでお試しください」

「分かりました。ありがとうございます」

色々と……思わぬ勉強になった。

このゲーム思いの外ものすごい。

まあ、なんにしても登録は終わったし採取とスキル解放につき合ってもらえるパーティーメンバーも無事見つかった。

あとは町の外へ……。

「シアさん、パーティー申請、俺がしようか？」

「忘れてました！　すいません！」

協会から出て、へにゃ、と優しく微笑んでくれるビクトールさん。

うおぉ、忘れていましたとも！　すみませんすみません！

「えぇと、コミュニティ、パーティー勧誘……」

「……ビ、ビクトール……さん」

「受諾」

ぽちん、と音が鳴りパーティーが結成された。

音声でも出来ると言われたから試してみたけど、無事に出来たみたい。

よ、呼び捨てにするのは少し抵抗があったけど……。

「ちなみにパーティーを組むと、パーティーボーナスとしてスキル熟練度上昇率が五%アップするそうだよ」

「へえ！」

「まあ、このゲームのスキルツリーの多さを考えると微々たるものだよね」

「……それは言ってはいけません……」

たとえ真実でも、言ってはいけない事がある……。

ましてスキルをまだ一つも取得していない私に、その現実は……！

「ところで狩りに行く前に腹ごなししていかない？　そろそろお昼だし」

「もうそんな時間なんですね。……じゃあ、ええと……どうしたら……」

「んー……第三柱大通りかな？　あの通りは食べもの系が多かったはずだから。行った事ある？」

「まだないです」

「行ってみる？」

「はい！」

第三柱大通りってキャロラインのパン屋さんがある通りだ。

私のチュートリアルは今朝終わった事になっているはずだから、新規プレイヤーのお出迎えをしてなければいるかもしれない。

今朝会ったばっかりなのに、私ちょっとうざいかな？

「あ、そういえばアイテムボックスって食べものも入れられるんですか？」

「入るよ。けど時間が経つと腐るってさ」

「な、なんと！」

「……なんか弟が言うには、アイテムボックスのアップデートが出来るクエストがあるんだって。俺は弟のアバターをコンバートしてるから、アイテムボックスに食べものを入れても腐らないけど……多分そのクエストを弟がクリア済みだからだろうな」

「そ、そのクエスト、私もやりたいです！」

町から離れて素材集めをしたり、他の国に行く時食べものを保存出来ないのは辛い！

というかなぜクエスト制にしたの～！　そういうシビアさは要らないんですけど～⁉

「でも俺も詳しくないんだよね。なんかビギナーダンジョンの氷のなんとか、っていうところのボスを倒すクエストがどうのとか」

「わ、分かりませんそれじゃあ！」

「うーん……誰か知ってそうな知り合い……」

「あ、チーカさん！」

「誰？」

ナイス私！　よく思い出した！

これはチーカさんのレシピ報酬をクリア、アイテムボックスアップデートクエストの情報を得る、二つを同時に叶えられる名案！

「第一柱大通りにある雑貨屋のお姉さんです。優しくて美人で、初対面の私にもすごく親身で親切にしてくれた素敵な女性です」

「へえ、そんな雑貨屋さんが……。プレイヤー、だよね？　なにか珍しいものが売ってたりするのかな？」

「品揃えはすごかったですよ」

「じゃあクエストについてなにか知ってるかもね。ご飯を食べたら聞きに行こうか」

「はい！」

そうですね、まずご飯！　キャロラインのパン屋さん！

チーカさんのお店はこの通りにあるけど、お城方向だからご飯のあとに第三柱大通りから、お城方面に回り込むようにして寄った方が楽だよね！

「ん？」

「どうかしたんで――」

大通りから大通りへ移動する時は店と店、家と家の間に時折ある中通りを通ればいい。

昨日ルーズベルトさんは星の形と言っていたが、実際この王都を歩くと蜘蛛《くも》の巣のような形だと思う。

まあ、合理的に考えてそれは良いとして。

その中通り……進行方向がなにやら騒がしい。

ビクトールさんが目を細めたので、私もその方を見てみると……すごい勢いで走ってくる二人の、プレイヤー？

「あれって……ルーズベルトさん？　……あ、あれは……！　私が昨日買ったカバン！」

こちらに走ってくる人は、もしかして追われてるの？

そしてあの人を追いかけてるのは、ルーズベルトさんで……追われてる方がマントの下にかけているカバンは私の――！

じゃあ追われてるマントの人は、昨日の引ったくり!?

「なるほど」

「え！」

スッ、と腰を低くしたビクトールさん。

顔つきも変わった。

中通りは大通りより広くはない。

引ったくりは前方に私たちがいると気づいても、走るスピードを緩めない。

あ、嫌だ……また、突き飛ばされ……！

「どっけえええぇ！」

避けなきゃ。

咄嗟に道の脇に寄る。

けど、引ったくりが一メートル近くまで来た時、ビクトールさんが右足を前に出し、避けようとした引ったくりの襟元を右手で掴《つか》まえ、左手が引ったくりの右手を掴まえた。

あとは流れるような動き。


「――――――」


背中を引ったくりの胸へと滑り込ませるように捻《ひね》り、その勢いに負けた引ったくりの足が地面から離れる。

弧を描く体。

バシーン！　と、すごい音。

引ったくりは大の字になって街道に叩きつけられた。

…………これ、せ、背負い投げというやつでは……？　こんなに綺麗に人を投げられるの？

ふぁあぁぁぁぁ～～～～～～～～～!?

「……ってぇぇ……！」

「はあ、はあ！」

呻《うめ》く引ったくり。ようやく追いついてきたルーズベルトさん。

その後ろからは偉そうなＮＰＣと兵士のＮＰＣがいっぱい。

もしかしなくても、大捕物《おおとりもの》の途中だったの？

「おう、ビクトールか」

「こんにちは、サイファーさん。動くの遅くないですか？」

「そう言いなさんな。俺たちNPCはプレイヤーの熱意がないと仕事しちゃいけない事になってんだよ」

……会話がものすごい感じに成立してる。

あの青い短髪でものすごーくガタイのいいNPC……ビクトールさんの知り合い？

「あ……え、ええと、ご、ご協力、感謝します……」

「いいえ」

ルーズベルトさんが肩で息をしながらビクトールさんを見上げる。

そして、私と目が合う。

なんとも言えない表情をされた。

ルーズベルトさんは首を横に振ると、倒れた引ったくりに近づく。その体をずらし、男が身につけていた緑のカバンを取り返す。

「それが被害品か？」

「……はい。ちょうど被害者の方がいますので、確認して返却をしてもよろしいでしょうか」

「ああ、構わん。その被害者の被害品に間違いないんだな？」

「一点ものですので」

隊長さん的な大柄な人と、ルーズベルトさんがそんな会話をする。

それから、兵たちが引ったくりを取り押さえ、上半身を引きずり起こす。

それを横目にルーズベルトさんが私に近づいてくる。

一歩一歩、踏みしめるような足取り。

ルーズベルトさんに差し出されたのは……昨日買った緑のカバンだ。

肉球のアップリケと、蓋には丸い耳。

チーカさんのお店で買ったものに間違いない。だって一点ものだもの。見間違えるはずもない！

「あなたが盗まれたものは、こちらで間違いありませんか」

泣きそうな顔でそう聞かれた。

顔は赤くなっているし、今にも涙は溢《あふ》れそうだし、なんかあちこちボロボロだし。

……ああ、でも……たった一日で人はこんなに変わるだろうか。

私もルーズベルトさんと同じように肩を震わせながらそれを受け取る。

信じられない。返ってきた……返ってきた！

「は、い、間違いないです」

「っ……お返しします！」

叫ぶような大声。九十度に曲げられた腰。

多分、思い詰めていたあの表情が……泣きそうになるほど悩んでボロボロになるぐらい頑張ってくれたのだと分かるから……。

「ありがとうございます！」

私は、心から感謝して受け取るべきだ。

「よう、返却は完了か？」

「は、はい」

大柄な人が声をかけてきた。

青髪をとても短く刈り上げてる。ガタイもものすごいむきむき……。ノースリーブから見える腕の筋肉はもりもり……ひぇ。

「俺はこの国の騎士団団長、サイファー・ロゲニスだ。以後お見知りおきを、レディ」

「は、はあ」

あれ、でも胸に手を当ててお辞儀だなんて……意外と紳士的。

あ、でも偉いという事は貴族なのかな。え？　でもＮＰＣだし？

ん？　キャロラインたちみたいに特別なＡＩなのかな？

「良かったな」

と、ルーズベルトさんの背中を勢い良く叩く騎士団長さん。

ゲボっ、となかなかの咳込みが……。

「……結局、俺自身の手では捕まえられなかったけど」

「なぁに、また今度ならず者や盗賊をとっ捕まえるのを頑張りゃ良い。まあここで鍛えても現実の肉体は筋肉が弱る一方だから、現実の方で強くなりてぇならさっさと起きる事をお勧めするがな」

「ん、んんん……」

苦しげに呻く引ったくり。兵士が両脇を抱えて無理やり立たせる。

それを眺めながら団長さん……サイファーさんとルーズベルトさんはそんな話をしていた。

あ……やっぱりこのゲーム内ですごせばすごすだけ体の筋肉は落ちるのね……。

「君、警察官志望だったんだって？」

「え、あ、はい。でも……警察学校で成績悪くて……コミュ力もなかったから虐《いじ》められるようになって……ははは……」

「笑うところではないけどね」

ビクトールさんがルーズベルトさんに近づく。

そうして、漏れ聞いた内容に胸が悪くなる。

……警察官志望……。なのに警察学校で、虐め……そんな事あるの？

「だが実際警察官は、コミュニケーション能力が高いに越した事はないねぇ。酔っ払い相手じゃあ効かん事も多いが、なぁビクトール」

「そうだね。でも普通そういうのは交番勤務で身につくし……別な県の警察学校に再入学したら？知り合いに警察官が何人もいるから、良いところ紹介するよ」

「……え、ええと……」

……なにやら左右からルーズベルトさんにお誘い的なものが……！

というかビクトールさん警察官に何人も知り合いがいるって、リアルでは何者なの!?

「……まだ、自信ないです……」

「そう。まあ、それならこっちで騎士として自信をつけて、それから戻っておいでよ。良い教官紹介するよ」

「は、はあ……」

「さて、んじゃあ次はお前だな」

「くっ！」

サイファーさんは兵たちに取り押さえられた引ったくり犯に向き直る。

引ったくりもプレイヤー。NPCの騎士団長さんは、どう沙汰《さた》を下すんだろう。

「どうせ……」

「ん？」

「どうせ俺が全部悪いんだろ！」

……などと供述《きょうじゅつ》しており反省の色が見えないんですが。

そんなの当たり前じゃん！　引ったくりをしたのはまぎれもない事実なんだから！

なんだっけ、確か悪い事をすると『カルマ』が溜まって『国家指名手配』になる。そしてその国から追い出されて、入国出来なくなる、はず。こんな姑息で反省の色がない人、入国禁止が妥当よ！　新規プレイヤーが最初に入る国なんだから！

「どいつもこいつも、全部、全部、全部俺のせいにして！　ああそうさ！　全部俺が悪いんだよ！　悪いのは俺だよ！」

……実際引ったくりは強盗だからね。普通に犯罪だから。

あと私を突き飛ばした件！　現実だったらアレ、一〇〇%怪我してるから！

強盗傷害だから――――！

「はっはっはっ！」

「!?」

「!?　だ、団長？」

ルーズベルトさんも驚いて横を見た。わ、笑う要素一つもありませんでしたけど！

「そうかそうか。お前さん、人様の『悪いところ』を見ちまうタイプだな？　あと『悪く受け取る』受信機持ち」

「!?」

「多いんだよそういう奴。意外とな」

……人の悪いところを、見るタイプ？　悪く受け取る受信機？

チーカさんの言っていた攻撃的になるタイプという事？

「はあ？　なにが！」

「よーしよーし、大丈夫だぞー。ここの奴らはみーんなお前さんの事、貶《けな》せるほどよく知らないからなー！」

「っぐ……」

「ただ、お前さんは見ず知らずの他人に悪さをした。俺たちはそれだけの印象。でも、実際被害に遭ったレディのお前さんへの印象は、お前さんが自分で思っている以上に悪いぜ。なにしろ自分でその通りの人間に落ちぶれたんだ、当然だろう？」

「…………っ」

私、今きっとすごい顔で睨《にら》んでると思うのよね。

でも仕方ない。突き飛ばされて、大事なカバンを盗られたんだもの。

しかもあえて！　私みたいなビギナーを狙ったんでしょう!?　噂になってたみたいだもんねぇ！

「それはきちんと償わなきゃならん」

「知るかよ！　ビギナーのくせに高いもん持ってるそいつが悪いんだろう！」

な、なんだとぉ!?

なんで私が悪い事になるのよ！　信じらんない、なにその理屈！

「んじゃあ、イイもん着てるお前さんの身包《みぐる》みを俺が『イイもん着てるお前さんが悪い』って剥いでも良いんだな？」

「っ!?」

「な？　ガキでも分かる屁理屈だって、自分で分かるだろう？」

「お、俺は！　俺は悪く……」

「悪い。……けど、そうして人の悪いところを見つけられる人間は、反対に『人の良いところ』を探す天才でもある」

「……は？」


は？


「要は能力の使い方が下手なんだよなぁ、お前さんみたいなタイプは。繊細すぎっつーかな。だから、しばらく俺んとこんで働いてみ？　お前さんの能力の正しい使い方を教えてやるよ」

「………な……」

「人からなにを言われても、悪く聞こえちまうんだろう？　そういうのはな、気の持ちようで変えられるもんなんだぜ？　大丈夫だ、お前さんはその能力の使い方をくるっと反転させるやり方を覚えりゃ良いだけなんだからな。それだけで人生変わる。真面目な奴ほどその傾向があるから、なんも心配ねーよ。引ったくった事の罪は働きながら償えばいい」

え、ええ……？　軽くない？

強盗ですよ？　罰則軽くないですか？

「……確かに人の悪いところしか見えないというのは、反転させると『良いところしか見えない』って事か……」

と、ビクトールさんが呟く。

ま、まあ、それは、そうだろうけど……？

「ああ、こういうタイプは他人の『良いところしか見えない』せいで自分が恵まれていないと強く受け取るタイプなんだよ。それで悪いとこ探しが上手くなる」

うわぁ……。姑息にもビギナーな女の私から引ったくりするだけあって卑屈……。

「根っこはそうそう変わらんが、人間、無理に変わる必要はねぇ。使い方を変えて、対象を人じゃなく状況にすりゃあ良い。現状を正しく分析出来るようになれりゃあ、『どうして悪いのか』が分かる人間は貴重だ。そういうものを改善する為の知識と経験を積めば、危機管理能力の高さからコンサルタントに向いてるんだよな」

「！」

……悪いところを見つける癖があるから、その改善点や対処法を覚えれば、逆に危機管理のマネジメントが出来るようになる、って事？

な、なるほど？

ものは考えよう……いや、でも、今の時代それが足りない会社や学校は多いわよね。父さんの会社も外部委託しているもの。

でも社員にそういう人がいれば、わざわざ外部に委託しなくても良い……無駄な経費が抑えられるのに！

「適材適所だね。じゃあそのプレイヤーは騎士団に？」

「ああ、俺が預かろう。状況判断能力を伸ばしてやれば優秀な人材だ」

「…………」

「つーわけでついてきな、俺がみっちり鍛えてやろう。ルーズベルト、お前もな」

「は、はい！」

「さて、被害に遭ったレディ、これで納得しては頂けないかね？」

私に向き直ったサイファーさん……顔がニヤニヤしてるので、なんとなく腹立たしさは残るものの……良い事を聞いたのと、ルーズベルトさんが頑張ってくれたので……。

「はい、もう良いです」

「良かったな。あとはお前さんの頑張り次第だ」

「つぐ」

バシバシ、引ったくりをしたプレイヤーの背中を叩くサイファーさん。

あの筋肉でバシバシ叩かれたら痛そう。

「サ、サイファーさん、俺さっき背負い投げで思い切り背中地面に叩きつけてるから」

「あ、やべ、忘れてた」

「っ〰〰〰〰！」

……うん、本当にもう、良いか……。ご愁傷様です。

「シアちゃん、あの」

去り際に、ルーズベルトさんが近づいてきた。

昨日とは少し顔つきが変わったな。なんと言えば良いだろう？　……生気、が、宿ったような……？

「昨日、守れなくて、ごめん……」

「……いいえ……あ、いえ！　カバンは取り戻してもらえたので、許します！」

「…………っ、ありがとう……」

本当は全然怒ってないんだけど、ルーズベルトさんがほしいのは『許し』である気がした。

正解だったのだろうか。

手を振って去っていったので、正解だったと思いたいな。

「さぁてと、動いたら余計にお腹空《す》いちゃったな」

「あ、そうだ！　ご飯！」

「そうそう。食事は大事だよ。食べたいものある？」

「私は特に……」

「…………というか……またやっちゃったなァ……」

「え？　なにがですか？」

目が遠い。

ビクトールさん、なんか目が遠いよ。どうした!?

「弟は魔法を使うタイプのプレイヤーだったんだよ」

「……ほ、ほほう？」

「でも今見た通り、俺は柔道やってたから……」

「は、はあ……」

「杖使うの、忘れるんだよね……」

「…………」

腰の杖。

ァ…………（察し）。

「モンスターとか人の形してないヤツ相手だと大変だから、早く魔法を使うのに慣れなければいけないんだけど……これがまた難しくて！　体が先に動いちゃって……！」

「も、もう諦めて接近戦タイプに転向すれば良いのでは……」

「スライム系は打撃が通じないし、通用させるのには『魔法付加』っていう魔法を使わなければならないんだ」

「…………頑張ってください……」

ちなみにこのあとレストランでお昼ご飯奢《おご》ってもらった。

第三章　ゆるっと初冒険

「そういえばシアさんはなにか目的があるの？」

「はい、私はお店を出したいんです！　服のお店！」

ご飯を食べて、チーカさんにアイテムボックスアップデートのクエストの事も聞いて、いよいよ町の外へやってきた。

フィールドにもモンスターは出るけど、『採取』のスキルはダンジョンの『採取ポイント』でしか覚えられないのだそう。

なので今からビギナーダンジョンに行く。

途中で弱いモンスターに遭遇すると思うから、『槍』スキルはその時に覚える、という事で。

まずはアイテムボックスアップデートのクエストと『採取』スキルゲットが今日のノルマー！

「へえ、もう目的が決まってるプレイヤーは珍しいと思ったけど……目標がちゃんとある人だったのか」

「家族に散々邪魔されてきたので！」

「あ、そういうタイプの人か……」

察して頂けたようで！

「確かにそれなら目標を達成して、こっちでお金を貯めた方が良いかもしれないね。あっちに戻った時にお金がある程度あれば、リハビリ後すぐになにかは始められるだろうし」

「リハビリ……」

「一〇〇％必要になるよ。寝たきり状態だから、筋肉が落ちまくってる。床擦《とこず》れ防止でドローンが定期的に動かしてくれるけど」

「……起きた時怖いですね」

あんまり想像したくないなー。

それでなくとも体力には元々自信がない。リハビリ……大変そう。

「でも！　こっちでお金を貯めておけば、あちらに戻ってすぐ家を出られる！」

「うん、良いと思うよ。肉親だからってやっぱり合う合わないはあるもんね。俺は弟に死ぬほど嫌われちゃって、すごい悲しかったけど」

「…………………」

こ、言葉通り、なんだろうなぁ。

弟さんのアバターって言ってたし……。

「で、でも弟さんのアバターをビクトールさんが今使ってるって事は、仲直りしたんですか？」

「仲直りというか、弟に一方的に嫌われていたというか……」

……男兄弟も難しいんだなぁ？

「うちは共働きで、弟の世話は全部俺がしてたんだけど、どうやら弟的には俺が世話を焼きすぎてたみたいで」

愛が重かったのかな。

「そして俺は割と器用で、成績も柔道の方でも良いところまで行ってたから陰でかなり比較されてたらしくて……」

兄弟姉妹あるある……。

私も容姿に関してめちゃくちゃ言われた。

妹ちゃんは可愛いわね～、でもお姉ちゃんは成績が優秀で良いわね～、と……はいはい！　私は成績しか褒めるところがないもんね！

「結果弟は俺に劣等感を抱いて、大変な事になっていたんだ。俺、弟が自殺未遂するまで気づかなくて……いや、まあ、成人してからは離れて暮らしてたから……まさかそんなになってたとは思わなくて……。いや、言い訳か……」

「でも、和解したんですか」

「うん、弟がこの世界で嫁を見つけて戻ってきた時ね」

「ほぁあ⁉」

嫁⁉　結婚⁉　この世界で⁉　えええぇ⁉　本当に結婚に至った人がいたの～～～～⁉

「それで色々話してそうなった。弟の話、聞いた時は泣いちゃったな～。身内の事なのに、と思ったけど弟からすると身内だから、らしい。難しいね、肉親は」

「……そう、ですね」

ビクトールさんのお家はすれ違いが原因だったんだ。

……うちはもうなんかすれ違いようがないのでアレだけど。

うん、やめよう、思い出すとムカムカしてくる！

「あ！　もしかしてあれがモンスターですか？」

町の外は草原になっていて、歩いて十分くらいのところにビギナーダンジョンが点在するそうだ。

そしてついに、私の目の前にモンスターが現れた！

青い風船みたいなモンスター。大きさは膝丈！

あんまり怖い感じじゃない……良かった。

「そう。ちなみに『鑑定』スキルを覚えてモンスターを『鑑定』していくと『モンスター知識』っていうスキルも覚えられる」

「……シ、シビア……」

「スキル網羅《もうら》は人間の人生では不可能だから諦めた方が良いよ……」

それほどまでに多いのか！

「ちなみにアレは『ブブーン』っていうモンスター。弱点は『突』。『槍』スキルは相性が良いね」

「なんか突いたら破裂しそう……」

「するよ」

「やっぱり！」

「もしかして風船の破裂音苦手な人？」

「……あ、あんまり得意な方では……」

「じゃあ他のモンスターを探す？　無視しても襲ってこないよ、この辺のモンスター」

それはモンスターとしてどうなのだろう。

いや、ビギナーが最初に出るフィールドなんだから、そのくらいでないとダメなのかな。

ゲーム慣れしてないプレイヤーもいるだろうしね、このゲームの概要的に。

「……い、いえ、頑張ります。槍で突っつけば良いんですよね」

「うん、そうだね」

とりあえずスキルを覚えよう。

槍は装備した。……装備すると装備品の攻撃力がステータスに上乗せされる。

そして、スキルを解放すると多分更に上乗せが出来るんだろう。

この槍の攻撃力は『15』。

うんまあ、しょぼいけどビギナー用ではそれが妥当だろう。

風船モンスターに刃を向ける。

恐る恐る切っ先をモンスターにくっつけると……。


パァン！


「ひぃ！」

ぴこん。

とモニターが出る。

『槍スキル』が解放されました。という文字。

あぁ、心臓に悪い……。

「スキルツリーチェックしてみる？」

「はい……あ！　やりました！　『槍』のスキルツリーが解放されてます！」

「うん、次は槍の技スキルが覚えられるみたいだな」

「上の段が技のスキルで、下の段へ行くと槍を装備した時のステータスボーナスなんですね」

使っていけばステータス値がプラスされてくわけか。

SPではなく、熟練度、熟練度での振り分けになっている。

ぐぬぬ……熟練度振り分けはその武器の種類でないと出来ないわけなのか……うーん、という事は、武器はホイホイ替えられないな。

「防具にはスキルツリーがついてないんですね」

「あーうん、でも確か盾やアクセサリー系はあったよ。あれ、なんだっけ……成長型のアクセサリーがあるとかないとか……」

「ビクトールさん割と重要な情報をうろ覚えすぎませんか！」

「いやぁ、俺がゲームしてたの小学生までなもので……」

大事なところが大体うろ覚え！　んもぉ！

「それよりサクッとダンジョンに行ってアイテムボックスのアップデートクエストを終わらせようか。陽《ひ》が落ちる前に町に戻りたいしね」

「はあ、そうですね」

仰る通りだ。

それにしても、今のモンスターはアイテムとか落とさないんだな。

歩きながらビクトールさんに聞いてみると、フィールドの雑魚《ざこ》モンスターはアイテムの類《たぐい》をあまり落とさないんだって。ざーんねーん。

「その代わりダンジョンモンスターはアイテムをよく落とすよ。ビギナーダンジョンでオススメなのは『スライムの森』。あそこのスライムは物理攻撃で倒せるスライムなんだ」

ドヤ顔で言ってるけどスライムを倒せる柔道技があるのだろうか？

私の知ってる柔道技なんてさっき見た背負い投げぐらいだけど……。

「スライムは『傷薬』の材料を落とすから、絶対一回は行った方が良いよ。錬金術師の店に行くと、道具屋で買うより安く『傷薬』を買えるから！」

「な、なんと！　それは良い情報を聞きました！」

お金大事！　明日辺りその『スライムの森』に行ってみようかな!?

「と……アレが例のクエストを受けられるという……」

「は、はい……」

なんて話をしてたら着いたようだ。

アイテムボックスアップデートクエストが受けられるという、ビギナーダンジョンの一つ……。


『冷凍の洞窟』


文字通り凍《い》てついた洞窟のダンジョン。

しゃらしゃらと凍った木々が柳のように風に揺れ、耳に心地の良い音を奏でている。

洞窟周辺は雪が積もって真っ白。

チーカさんの話では、このダンジョンの入り口の脇にいる怪しい老婆に話しかけると、アイテムボックスに食べものを入れても腐らなくなる魔法をかけてもらえるんだとか。

で、ビギナーはそこで絶対気づかないが、その老婆はプレイヤーに『魔法』のスキルを伝授出来る専門職NPC『魔女』という噂もあるそうだ。

もしかしたら序盤で『魔法』スキルを覚えられるのではないか、と色んなプレイヤーがチャレンジしているらしいが、その『魔女』から『魔法』スキルを教わる事に成功したプレイヤーは未だにゼロ。

やはりクエストの為だけのNPCなのかもしれない、とチーカさんは肩を落としていた。

……チーカさん、もう『魔法』スキル持ってるだろうに……。

「さてと、その『魔女』と噂のNPCは……」

「あの人でしょうか」

「あ、多分あれだろうね」

洞窟の入り口には焚《た》き火に当たる黒いローブのお婆さんがいた。

うん、ダンジョンに来たらこれは普通に話しかけるわ。あからさますぎて気になる。

「すみません、ここでなにしてるんですか？」

「ん？　ああ、暖を取ってるのさ。今日も寒いからねぇ……」

いや、そういう事ではないんです。暖を取ってるのは見れば分かります～。

「どうして暖かいところへ行かないんですか？」

「ここが好きだからさ。あんたたちはこれからこのダンジョンに入るのかい？」

「はい」

「ああ、それなら……コールドベリーという凍った木の実を取ってきてくれないか？　このダンジョンの中にあるんだ。そろそろジャムを作りたいんだが、足りなくてね。出来るだけ多い方がありがたいねぇ、うん、五十個くらい」

「五十個⁉」

多くない⁉

思わずビクトールさんを見上げると、彼も少し「え、多くない？」と目を丸くしてる。

やっぱり多いんだ！

「無理なら良いよ。十個くらいで」

「うっ……」

ぴこん、と目の前にモニターが現れる。

これはクエストオーダーだ。

『老婆の依頼』と銘打ってあり、内容は『氷結の洞窟でコールドベリーを十個採取して、洞窟の前にいる老婆に渡す』。

期限はなし、クエストペナルティなし。

「？　あの、このクエストペナルティなし……ってなんですか？」

「ん、ああ……クエストの中には、達成出来なかった場合ペナルティがあるものがあるらしいよ。俺はまだ見た事ないけど。頼まれ事をホイホイ受けるだけ受けて達成出来ないって、人としての信頼に関わるからだろうね。私生活においても仕事においても」

「納得です……」

そういえばこのゲームはそういうゲームだった。

リアルでの生活に必要なリハビリって事ね。

「……それなら、うん、十個、頑張ってみます！」

自分に出来る範囲の事を、まずはやろう。

大きく「五十個取ってきます」と調子乗って言わないように。

いくらペナルティがないからといって、初めてのクエストで大見得切る必要ないものね。

「ああ、頼んだよ」

受諾。

ボタンを押すと、お婆さんは笑顔で頷いた。

これでクエストは受注した事になるのね。

さて……ではいよいよ行きますか！

ビクトールさんと頷き合い、ダンジョンに足を踏み込れる。

寒く…………ない。

意外！　こんなに凍てついた場所にいるのに……。

「！　これ、氷じゃない」

「え？」

「見て、ガラスだ」

「！」

ビクトールさんが透明な氷……と思っていた壁を触る。

私も触ってみる。本当だ、氷じゃない。

少し半透明なガラスが氷のように洞窟の中に張りついているんだ。

「あ、けどこっちは本物の氷だな？」

「本当だ。白いガラスと本物の氷が入り混じってるんですんね？　どうしてこうなったんでしょうか」

「？　こういうダンジョンなんじゃないの」

「あ、そ、そうか」

こういう設定のダンジョンなのね、そうね。

とにかく進むとしましょう。

それにしてもコールドベリーとやらは、名前からして凍りついたベリー系なのかと思ってたけど……もしかして凍ってる場所の『採取ポイント』じゃないと採取出来ないとかじゃないよね～。

「お、モンスターだ」

「ふえ！」

大急ぎで槍を構える。

ビクトールさんが指さした先には、鏡のようなモンスターが浮いていた。

こちらにはまだ気づいてない？

な、なんだ、すっごい緊張しちゃった。いや、気は抜いちゃダメか。一応ダンジョンだもんね。

「……そういえば、鑑定スキルってどうやって覚えるんですか？」

「さあ？　俺はコンバートしたらもう覚えてたからなぁ」

「…………」

　ビクトールさん、知らない事の方が圧倒的に多いと見た。

　攻略に関してはあんまり、いや、かなり頼りにはならない気がする。手探りも嫌いじゃないから良いけど……。

「あ！　モンスターの奥に採取ポイント」

「採取ポイント？　もしかして、あの光ってるところが採取ポイントですか？」

「そうそう。採取ポイント以外でも『鑑定』があれば採取出来るけど、採取ポイントはまとまった量のアイテムが採取出来るんだよ。ステータス『運』の数値が高いとレアアイテムも採取出来るらしいよ」

「運の数値が……」

　クリティカルに影響するとかだけじゃなかったのか！

　大変、私の運の数値は――！

　運：2。

　あ、これ絶対全然全くろくなもの採れない数値だ……採取中心に素材の勉強しようと思っていた私には致命的なレベルの……！

　運の数値を上げるアクセサリーとか今度絶対買おう。

「とりあえずモンスターを倒して採取ポイントで『採取』してみようか。それでスキルを覚えられるはずだよ」

「！　そうですね！　絶対この運の数値じゃ大したものが採れないと落ち込むよりも、まずは『採取』のスキルを覚えないと！」

「え？　あ、うん、そうそう？」

　でもまず、そこに行く為にモンスターを倒すのか。

　今まで遊んでたゲームではオートバトルに設定してあったし、レベルや武器の数値や回復アイテムでごり押ししてたから……オールマニュアルで戦うってこう、慣れないんだよなぁ。

　槍を構えて……とりあえず突撃！

「えい！」

『ンギ！』

　こん、と音がした。

　槍の先端に突っつかれて、浮かんだ手鏡のようなモンスターはひらりと離れる。

　しかし、攻撃されたのが分かったのか標的憎悪《ヘイト》が私に向けられた。

「はあ！　……あ」

　突くというより、槍の先端を叩きつけてしまった……っ、つい！

「…………ハンマーの方が良いのかな？　それともメイス？」

「うっ……」

　そんな真剣に考えないでください！

　私も槍使ってるのにこれは酷いと思いましたから！

つい！　そう、ついですよ！　他のゲームでは剣や大剣使ってたから！

けど、それは他のゲームにオートバトル機能があったからで～……！

「もしかして、他のゲームでは槍ってあんまり使ってなかった人？」

「は、はい。というか、他のゲームにはオートバトル機能というものがあってですね……」

「へえ、そういうものなんだ？」

「そ、そういうものなんだって……ビクトールさんＶＲゲームあんまりしない人なんですか⁉」

「うん、しないね。ＶＲゲームはこれが初めて」

「………」

あ、あんまりゲームしない人だとは言ってたけど……初めてプレイしたのがこのシビアなゲームだなんて……！

ビクトールさん、なんて可哀想なんだろう……。もっと楽なゲームいっぱいあるのに！

「うわ」

とはいえ、敵さんの攻撃も小さいのろまなものが突撃してくる程度のもの。避けるのは容易い。

避けて、もう一度モンスターを突っつく。

『ンギィ～』

ぼふん。

と手鏡のようなモンスターは煙になって消えた。

や、やっつけた？

「……はあ、怖かった」

「スキルツリー確認しておく？」

「はい」

そうね、熟練度、少しは上がったかな？

あ、技が解放されてる。あと、その下の段にはステータスアップ効果。

これは悩むのよね～。どちらも槍を装備していないと使えないスキル。

槍の技スキル『突き』と、『俊敏』にプラス2の効果。しかも、槍を装備中は常に発揮される。

「……よし、『俊敏』にプラス！」

メインウェポンが決まるまで、他の武器や装備でステータスが上がった時、すぐ適応出来るようにしよう。

慣れって大切よね。

「技じゃなくて良いの？」

「はい、まずはステータスを底上げしたあと、対応出来るように慣れておこうかと思って」

「ふーん、なるほど～」

「さあ、次はいよいよ『採取』ですね！」

ワックワク！

……えーと、あ！　あのカーソルが出てるところね？　どれどれ……おお、モニターが出た！

『採取しますか？』

【はい】【いいえ】

もちろん【はい】！

……ん？　【はい】を押したらなにかがにょきにょき生えてきた。

もしかしてこれを採るのかな？　えい。

「んん？」

「なにこれ雑草？」

「そ、そんなわけないと思いますけど……」

タップするとアイテム解説が出る。

【コーレギ草】レア度☆

雑草の一種。

「…………………」

雑草だった。がっくり……。

まあ、この運数値では仕方がな――、

「！」

ぴこん！

と、またモニターが出てきた。

【コールドベリー】レア度☆☆
凍ったベリー。
※クエストアイテム。

「あ！　クエストアイテムが採れました！」

「おお、やったね！　採取で集めるのか」

「あ、また採れました！　なるほど〜、採取ポイントはこうやってアイテムが採れるんですね……。ちょっとスキル確認して良いですか？」

「もちろん」

えい、ステータス！　スキル……と、お？　おおお!?

『採取』と『鑑定』のスキルが！」

「えー、良かったね！　もしかしてアイテム解説を見ると覚えるものだったのかな」

「そうかもしれませんね！　なんにしてもこのスキルもほしかったのでやりました！」

「うん、おめでとう！」

ヤッタァ！　今日だけで三つもスキルゲット！

この調子で色んなスキルを手に入れたいな。もちろん、スキルツリーを成長させるのも重要だけど。

「もう少しアイテムを集めて『商人見習い』になって『アイテム販売』のスキルを覚えたいです」

「なるほど、お店を出したいんだもんね。商人は戦闘向きの職業じゃないから、ダンジョンの中での転職はやめておいた方が無難かもしれない」

「そうですね」

「でも、スキルを覚えたいだけなら町に戻ったあと、俺がその【コーレギ草】を買い取ろうか。多分それで覚えられるんじゃない？」

「！　え、い、良いんですか？」

「うん、もちろん。俺、エージェントプレイヤーだから。プレイヤー支援が目的のプレイヤーだから」

「あ」

そういえばそうだった。

なんか申し訳ないけど……でもありがたい！　町に戻ったら、お言葉に甘えさせて頂きます！

「じゃあお願いします！」

「うん。……さて、次はクエストだね。もう少し奥まで進んでみよう」

「はい！」


というわけでズンズン進むよ！

たまに現れるモンスターを鑑定しつつ、倒しながら採取ポイントを巡る。

あっという間にコールドベリーは五個溜まった。

それに、ビギナーダンジョンなだけあって一本道。最奥地らしき場所には大きな氷の塊。

「！」

「ダンジョンボスだな」

うっ、気持ち悪い……白いナメクジ！

それも、今まで遭遇したモンスターと比べものにならないほど大きい……！

あれがこのダンジョンのボス。

「シアさんにはちょっと厳しいな。俺の魔法の練習台にしても良い？」

「え？　あ、はい、構いませんけど……倒せるんですか？」

「うん、あれぐらいのサイズなら余裕。……加減さえ間違えなければ……」

「はい？」

今なにか……ぽそりと不穏《ふおん》な事を言いませんでしたか？

「じゃあ行くよ、下がってて」

「は、はい」

そう言ってビクトールさんは腰の杖を取り出す。

それをナメクジに向けて、少し照れたあと唇を開く。

…………な、なんで今さりげなく照れたの……？

「暁の藍、揺らぐ雲の白、下弦《かげん》の月の垂らす紅蓮《ぐれん》の焔《ほのお》よ……敵を焼き払わん！」

！　ガチの呪文唱える系……！

え、これはこのゲームのコンセプト的にアリなの!?

リアルに戻ったあとも呪文引きずる可能性は考えなかったの!?　運営――――！

「ムーン・フレイム！」

ぶわ、とナメクジの周りに白い炎が灯《とも》る。

三日月の形？　それがゴオォ、と一気に燃え上がると、ナメクジをドーム状に呑み込んだ。

うんまあ、そこまでは良かった。問題はこのあと。

「え？　ちょ、ちょうっ！」

「あれ？　やっぱりちょっと威力ありすぎ……た？」

「はい!?」

ミシ、ミシ、とその炎がダンジョンの天井まで燃え上がったのだ。

待って待って待って！

ビギナー用のダンジョンのボススペースといえば！　ダンジョンの中ではそりゃ広めだけど！

あの炎の燃え上がり方はそれを上回ってる！

「ひゃあああぁ！」

「っあ〜〜〜！」

熱風を避けるように岩の形のガラスの後ろに隠れる。

炎が消えたあと、こっそり岩陰から顔を出す。

「…………」
モ、モンスター跡形もない。
まあ、そうでしょうよ、あんな炎食らったら……！

天井も心なしか溶けてなくなってませんかねぇ!?　中央にあった大きな氷の塊も消え失《う》せて……。

「？　ビクトールさん、あそこ！　大きな氷のあった場所になにかあります！」

「え？　あれは……？」

アイテム？

キラキラした塊が、ゆっくり地面に降りてくる！

ビクトールさんの魔法の危険度については、のちほどしっかりと……し　っ　か　り　と　！

言い含めるとして！

「…………」

「……これは……ぇぇと……」

光が集約され、そこにコロンと現れたのは白い犬と黒い狐。

お互いの尾を抱き締めながら眠っている。

ええ、これどうしたら良いの？

「ど、どうしましょう？　ドロップアイテム……には見えませんよね？」

「まあ、アイテムではないよね。……俺は猫派だから犬と狐はちょっとな……」

「ええ……」

なんだ、その基準は。

困惑していると、二匹はゆっくり目を開ける。左右色の違う瞳。

左目が青く、右目が黄色い白い犬。

左目が黄色く、右目が青い黒い狐。

あくびをしながら立ち上がり、ブルブルと体を震わせてから私たちを見上げる。

か、かわいい……！

「！」

ぴこん、とモニターが現れる。

『モンスターが仲間になりたそうにこちらを見上げている。仲間にしますか？』

【はい】【いいえ】

「っ！」

「俺は無理だな。一応社会人で土日以外は仕事をしているものでして」

「うっ……、……わ、分かりました。私がテイムします」

しかし、テイマーの職業は選んでいなかったはずなんだけどなぁ。

まあ……。


【はい】


「みぃ！」

「おぉん！」

「えっと、よろしくね！」

二匹とも可愛いから、いいっか！

「あ、仲間にしたモンスターに名前をつけてくださいって出ました」

「なんてつけるの？」

「うっ……うーん、どうしよう？」

さすがにシロとクロは安直すぎるし、ミルクとココア……キラキラネーム感がイタイ。

呼びやすい名前が良いよね？

二文字か三文字、長くて四文字くらいの……うーん、うーん……あ、そうだ！

「あんことだいふく！」

「…………………………」

「みぃ！」

「おん！」

「良かった、二匹とも気に入ってくれたみたいです！」

「……………うん、そうだね……」

名前が決まると二匹は突然ジャンプする。二匹の行き先は私の影の中！

え、えええ！　私の影の中に消えちゃった⁉

「スキル確認してみなよ。多分テイマーのスキルが出てると思う」

「は、はい」

ステータス、スキル……んん⁉

【シア】
HP：310／310　MP：50／50

攻撃力：36　耐久：23　俊敏：21　器用：19　運：2
職業：冒険者（テイマー）
所持金：2130

「冒険者かっこテイマーかっこ閉じ、になってます!?」

「ああ、あるある。冒険者って戦闘スタイルが反映されるんだよ。俺の場合も冒険者かっこ賢者かっこ閉じ、ってなってるよ」

「…………。は？　賢者？」

「うん。弟は『賢者』の称号持ちだったからだと思う」

「……………………」

「…………え、なに？」

あのふざけた魔法の威力はそれでか……。

「と、というか称号システムもあるんですね」

『二つ名』『通り名』はあるって聞いてたけど、『称号』システムもあったのか。

ビクトールさんの魔法を見る限り、これ絶対『称号』による＋アルファがあるやつだ！

「そうだね。色々条件はあると思うし、このゲームの感じだとなるの相当厳しそうだよね。……すごいなぁ、あいつ、究《きわ》めてるよ」

うん、ビクトールさんの弟さん一〇〇％ゲーマー出身だ。廃ゲーマーレベルだ。

どれだけこのゲームの世界にいたのか分からないけど、このゲームの中で『称号』を得るほどのプレイヤーだったのなら確実にとんでもないPS持ちだ、うん。

『称号』があるとどんな効果があるんですか？」

「えーと、なんか小難しいからよく分からないんだけど、魔法の威力が上がるし固有のスキル？　っていうのがあるらしいよ。…………どれだか分かんないけど」

「……」

自分のステータス……正確には弟さんが育てたアバターのステータスをぴこぴこ確認するビクトールさん。

ああ、なんか頭が痛くなってきた。

午前中の事もあるけど……なるほど、ビクトールさんは『ゲームに不慣れな近接戦闘タイプ』。そんな人が『ゲーオタが究めた賢者のアバター』を使っているという、このミスマッチさ！

そりゃ戦い方もひどいわけだよ！　なんて事するの、この人！

「修行が、要りますね……」

「え？　俺の事言ってる？」

「他に誰がいるんですか」

「…………。ですよね……」

……とりあえずテイマーのスキルを確認する。

テイムしたモンスターが戦い、敵モンスターを倒すとSPがもらえる。

モンスターは個別でスキルツリーを持っていて、テイマーはモンスターのスキルツリーを成長させて、技を覚えさせ、ステータスの底上げを行う。

それ以外に、テイマーがモンスターを補助するスキルをＳＰで覚える事が出来る。

キャロラインが言ってたのはこういう事か〜。

「……なるほど、ふむふむ……ほうほう……」

「自分で戦うより向いてそう？」

「はい。なんかすっごくラッキーです！　……あ、でも、コールドベリーがまだ十個集まってない！」

「ダンジョンに入り直せば採取ポイントは復活してるよ」

「なるほど！」

というわけで一度ダンジョンを出て、入り直す。

試しにテイムした子たちの名前を呼ぶと、私の影から二匹が現れてモンスターと戦ってくれる。

すごい！　素敵！　楽チン！

二匹のスキルツリーは私のものと変わらず、『技スキル』と『ステータスアップ効果』。

少し悩んだが、技は後回しにして二匹のステータスをアップさせた。倒れられては困るもの。今は基礎能力を上げておいた方が良い。

「よし！　十個集まりました！」

「お婆さんに届けに行こう」

これでアイテムボックスもパワーアップ！

すごい！　私かなり頑張ったんじゃない⁉

という事でダンジョンの外へ戻って、焚き火で暖まるお婆さんにクエスト報告を行う。

「うん、ありがとう。確かに受け取った。しかし、溶けちまってるね……もしかして、あんたのアイテムボックスは旧型かい？」

「え、溶け……」

　コールドベリー、と書いてあるアイテムを手渡したつもりなんだけど……あ、でもお婆さんに手渡したのは確かに氷が溶けている。

　え！　コールドベリーって溶けてちゃいけないの!?

「ご、ごめんなさい？」

「仕方ないね、アイテムボックスをあたしの魔法で強化してあげよう。ほぉれ！」

「っ！」

　キラキラと光が私の体を包む。

　え、ええと、これでアイテムボックスのアップデートは終わり？

「これであんたのアイテムボックスは食べものを入れても腐らなくなった。また今度コールドベリー集めを手伝っとくれ」

「は、はい！　ありがとうございます！」

「……ところで、あんたの影から妙な気配を感じるね？　もしかして、あんたテイマーかい？」

「え？」

　もしかしてあんこと だいふくの事？

　影と言われると他に思いつかないし……テイマーだと見破られた？

「えっと、はい。ダンジョンの中でテイマーになりました。あんこ、だいふく」

「みぃ！」

「おぉん」

名前を呼ぶと二匹が出てくる。

それを見たお婆さんは驚いた顔をした。

え？　なに？

「……そうかい……」

「え？　あ、あのう？」

「お嬢ちゃん、あんたはこの二匹にかけられた呪いを解いてくれたんだね」

「……呪い？」

まさかあの大きな氷の塊？

いや、触ってないから氷と言い切れない……もしかしたらガラスだったかも……。

でも、あれはビクトールさんの下手な魔法で溶けてしまった。

正直私もただのオブジェとしか思ってなかったんだけど……。

「むかぁし、あたしの友達がテイマーをしていてね、この洞窟の中で落石事故に遭って死んだのさ」

「え！」

「……以来、その友達が連れていたモンスターは友達の呪い……『死にたくない』という呪いで、大きな氷の塊に封じ込められ、命を吸われ続けてきたんだ。あたしもなんとか二匹を助けてやりたくて、方々手を尽くしたが……そんな事をしてる間に、あたしも命をたらふく吸われて、今じゃ大した魔法も使えなくなったよ。今のあたしじゃあ、どうする事も出来なくてねぇ……可哀想で、せめて側《そば》で……見送ってやろうとここにいたんだけど……そうか、そうか、あんたが助けてくれたのか……良かったねぇ」

「みぃ！」

「おおん！」

「……そう、だったんですか……」

そんなストーリーがあったのか。

あの氷、そして、このお婆さんには……。

「あの、それじゃあお婆さんから魔法を教わる事って無理なんですか？」

「うん？　魔法が使いたいのかい？」

「は、はい。まだ覚えてないので……」

「ああ、そのぐらいなら指南してやろう。でも、他の魔女よりあたしは弱い。最初の魔法、一つしか教えてやれないよ？　それでも良いかい？」

「は、はい！　教えてください！」

え、魔法教われるの!?　いける？　いけちゃう!?

そうドキドキしていたら、お婆さんに「手をお出し」と言われる。

言われた通りに出すと、お婆さんの手が重なって……なにか、流れ込んでくる……これは？

「…………言葉……？」

「魔法の呪文だ。スモールヒールという癒しの魔法だよ。本当に初歩の初歩……一番弱い魔法だ。それでもあんたの旅路の役には立つだろう。持っておいき」

「あ！　ありがとうございます！」

「なぁに、それはこっちのセリフさ。どうかこの子たちをよろしく頼むよ。あと、またコールドベリーを採ってきておくれ」

「はい！」

＊＊＊

「はあ～！　ホックホックです！　ビクトールさんがコーレギの草を買い取ってくれたおかげで無事『商人見習い』も取得出来ましたし！」

「うん、おめでとう。確かに今日一日すごく頑張ったね、シアさん」

「え、あ……」

頭なでなでされてしまった。

うわあ……なんか照れるな……！

「あ、ありがとうございます」

今日の収穫は『槍』、『魔法』、『テイマー』、『採取』、『鑑定』、『商人見習い』、『アイテム販売』のスキル！

中でも『魔法』のスキルは大きい。

普通、魔法の専門職NPCに弟子入りして、いくつものクエストをクリアして覚えるものなんだって。

そしてスキルが増えたら区分が現れた。

まず武器スキル。武器を装備して使えるスキルの事。『槍』が該当する。

次に職業スキル。『テイマー』や『商人見習い』が該当。

職業スキルは複数を同時に使用出来る便利なもので、たとえば『商人見習い（非戦闘職）』＋『テイマー（戦闘職）』あるいは『冒険者（戦闘職）』＋『テイマー（戦闘職）』と組み合わせて設定出来るんだって。

非戦闘職だけだと戦えないので、戦闘職を入れる方がこのゲーム内では生活しやすいと思う。

次は『魔法』スキル。魔法関係全般を括《くく》るスキル。

『魔法付加』や『魔法付与』も『魔法』のスキルツリーを解放していくと、独立したスキルツリーとして解放、使えるようになるそうだ。

他にも『攻撃用魔法』『治癒魔法』のスキルツリーがあるらしい。

私の場合は『魔法』と『治癒魔法』のスキルツリーを同時にゲットしたのだ！

ありがとうお婆さん！

運良く序盤で覚えられたので、これから頑張ってスキルツリーを育てていかないとね！

ああ、あと『魔法』スキルをゲットしたらステータスにも変化があったの。

魔法攻撃力：3
魔法耐久：2

この二つが加わっていた。

『魔法』スキルを覚えると、ステータスに項目が追加されるなんてなぁ。

この二つは多分『魔法』のスキルツリーを成長させればステータスが底上げされていく。武器のスキルツリーと同じ感じだろう。

そして、最後は生活スキル。

『採取』や『鑑定』、『アイテム販売』などが該当。私はこれらを重点的に伸ばしていきたい。

これ以外にもビクトールさん曰《いわ》く『釣り』や『料理』、『掃除』なんかもあるそうだ。

『掃除』のスキルツリーって、どんななんだろう……。

微妙に気にはなるけど、今日はこのくらいで満足しないとね。『掃除』なら支援宿舎の部屋を掃除したら覚えられそうだし！

「じゃあ初スキル取得を祝って夕飯奢ろう！」

「え！　そんなお昼も奢ってもらったのに悪いですよ！」

「平気だよ、弟の残したお金あるから！」

……………ご馳走《ちそう》になります、ビクトールさんの弟さんの賢者様。合掌《がっしょう》。

出来るだけ節約したいので。

「あ、そうだ。これもなにかの縁だろうし、シアさん俺と『エージェント契約』する？」

「エージェント契約？　なんですか？　それ」

「専属契約みたいなものだよ。俺みたいなエージェントプレイヤーは、特別なアイテムでログアウトがいつでも出来る。ゲームの中でプレイヤーを援助、支援するのが仕事だけど、その他にプレイヤーと専属契約して、冒険者支援協会を通さずに外とのやり取りが出来たりするんだ。シアさんは家族仲が原因みたいだから、余計なお世話でなければサポートするけど……

「………私の親に会うって事ですか？　リアルで、ビクトールさんが？」

「そうだね、まあ……」

「それはしなくて良いです！」

「だよねぇ」

開始三日ですぐに帰る気になんかなれないもの。

というか、帰らないし！

お店を出して、お金を貯めるまでリアルには帰りません！

「でもシアさんは未成年でしょ？」

「うっ」

なぜバレたのだろう。アバターが幼く見えたから？

いや、でもそれだけじゃバレないと思うし？

「多分十七か十八辺り」

「な、なんで!?」

「選挙権の時に興味深そうにしてたから」

「！」

……ビクトールさんの観察眼すごい……！

「そういう子は積極的にサポートしなきゃいけない『契約対象』だから」

「…………」

「嫌？」

「…………それ、普通本人に話したりはしませんよね？」

「うん、でも……シアさんは歳の割にしっかりしていそうだから。ああ、もちろんシアさんが家族に会ってほしくないなら会わないよ？　家族側からゲーム内に手紙を出す場合は、家族側の意向だから俺は触れないし……ゲーム内だけのサポートを希望するならそれでも良いし……」

「…………」

「それにエージェント契約しても、俺一応社会人ボランティアみたいなものだからログインは週末だけなんだよね」

「え……」

思わず見上げちゃった。

じゃあ、今日は特別長くログインしてたの？

朝からずっと一緒にいてくれたけど、実は他に用事があったとか？

「まあ、夜ならたまにログインするけど、基本的に土日だけかな、丸一日いるのは」

「そ、そうだったんですか？」

「うん。さすがに生活があるので」

そうですね。

……そうか、まあ、そうだよね。普通ずっとゲームの中にはいられないものね。

……ん!?　待って!?　それじゃあ……！

「っていうか！　それじゃあビクトールさん今日リアルでご飯全然食べてないって事では!?」

「そうだよ。ログアウトしたらまずご飯だよ」

「わ、私に夕飯奢ってる場合じゃないですよ！　早くログアウトしてご飯食べてください！　もう十九時になるじゃないですか！」

「シアさんが契約するならすぐにでも？」

「え！　なんですかそれ脅《おど》しですか⁉」

「そういうわけじゃないけど……まあ、そうだね……」

急に顔が近づく。

ビクトールさんが屈《かが》んだのだ。

身長差が縮まり、なんだか、その大きな体に包まれてしまうような錯覚を覚える。

「君がどんな家庭に生まれて育ってきたのか、俺は分からないけど……少なくとも君を守る大人はいるって思ってほしいんだ。どうかな、ダメ？　俺は信用するに値しない？」

「…………。～～～～っ！」

一歩、退《さ》がる。

顔が、近い！　アバターだと分かってるけど！　綺麗な顔なので！

あと、そんな、声とか！　体温、とか……！

そんなに男の人に、近づかれた事も、ないし！　うん！　忠君だって！　こんなに近い事、なかった！

「し、し、信用とか、それは、あの……」

「まあ、とりあえずご飯食べよう。そのあと宿舎まで送るよ。それまでに決めてくれれば良いから」

「え、えぅ……」

なんだか反論する気力も起きない。

いや、削り取られた。

第三柱大通りのNPCが運営するレストランでご飯を食べて、第一柱大通りの端にある支援宿舎まで送ってもらう。

その間、他愛《たわい》もない話をしつつ……言われた通り考える。

支援者がいてくれるのは……確かに心強いんだけど……でも……私は……。

「さて、心は決まった？」

明かりの灯った宿舎の前まで来て、ビクトールさんに問われる。

……私は――。

「フレンド登録だけで大丈夫です！」

「ん～～～……」

「ボランティアなんですよね？　仕事じゃないなら、無理に関わる必要はないじゃないですか。ビクトールさんはとっても良い人だと思います。優しいし、強いし……。でも、未成年だから他の人より手厚くサポートしなきゃいけないっていう理由は……あんまり納得いかないというか……」

私はどちらかというと負けず嫌いな性格だと思う。

でも、弱い。

リアルで、妹に勝てないから逃げ込んだのだ。

そうしないと本当に『死』という形に逃げそうだったから。

それは、負けを認める事になると必死に言い訳して……死ぬ度胸もないという現実を一生懸命否定したんだ。

自分は『負けず嫌いなところのある性格だ』と思い込んで！

嫌だ。あの家族の事を一秒だって思い出したくない。

嫌い。あの人たちは嫌いだ。

ビクトールさんがあの人たちに会うのも、私とあの家族の間を取り持つのも、とにかく、絶対嫌！

「でも週末だけだよ？」

「うっ……まあ、そうかもしれないですけど……」

「君が家族に会うなと言うなら会わないし、会えないよ。個人情報保護があるから」

「…………」

「ゲーム内での君のサポートに徹するよ？　週末！　一日だけ！」

「…………」

ものすごい期間限定になった。

ん、んんん……。

「まあ、なので多分、次に会う時は俺がシアさんにゲーム指南してもらう側になりそうというか」

「…………目的はそっちとか言いませんよね……？」

「ろ、六割ぐらい、ゲーム詳しい人と行動したい気持ちで持ちかけています」

「フレンド登録で十分ですよね？」

「でも未成年の子だけだと心配なのは本当だしね」

「…………」

ゲームオンチの自覚はあるのか。そうか。

「そもそも、エージェント契約して私になんの得があるんですか」

「えーと、俺と一緒に行動してると冒険者支援協会に届く手紙や荷物が俺に届くようになるので、俺から受け取れる……？」

動く郵便局……!?

「…………くらいかな？」

「フレンド登録で十分ですよね？」

「……分かった、あんまりしつこいと嫌われそうだから諦めます」

「…………」

頭を抱える。

なんだ、そんな程度か。

エージェント契約ってつまり、リアルと連絡が取りたい人がするんだと思う。

私には不要だ。私は家族と連絡取りたいなんて思わない。

お金が貯まってリアルに戻る事があっても、そのまま家族のところには帰らず一人で生きていくんだ。

申し訳ないけど……私はエージェント契約する理由と必要がない。

未成年の私を案じてくれる気持ちは、素直に嬉しいしありがたいと思うけど。

「じゃあそろそろログアウトするよ」

「あ、はい。今日は色々ありがとうございました。えーと、また来週……？」

「そうだね」

すっ、と……ビクトールさんがまた一歩近づいて、しゃがみ込んでくる。

目線が近づく。

っ、だから……顔が、近い！

「え、あ……!?」

「おやすみ」

「っ！」

「また来週遊ぼうね」

爽《さわ》やかに去っていくけど…………おでこに、キス、された……。

思わずおでこに手を当てる。

いや、ええ？　あの人、は？　が、外国人かなにかなの？

いや、まあ、わ、わ、私だって海外に行ったり、親の協賛パーティーで海外の人にハグやキスをされた経験はあるけど……。

「うぅ～～～～～」

じんわり涙が滲《にじ》んだ。

いつもの悲しいやつではなく、恥辱《ちじょく》で！

……もおぉ！　なんなんだあの人はぁぁ～～～～～～～～～!?

閑話

姉、八重香は優秀な女だった。

運動神経は平均値だったが、成績は優秀で学年でトップ。頭の良さに関して抜きん出ていた。

だが成績よりも、優秀なのはその発想力だと思う。

あの女は父の会社を立て直す、新構造の缶詰を考えついた。

私にはそれがどういうものか分からない。説明しろと言われても無理だ。興味もないし。

そうして父の会社は倒産の危機を回避したどころか、母の営業効果もあって会社規模を拡大する事に成功。

私たちの暮らしはあっという間に上流階級のそれになった。

欲しいものはなんでも手に入るし、毎日プロのシェフが作る料理を三食食べられる。

学校は私立のエスカレーター式お嬢様学校。

毎朝専属の美容師が化粧をして髪を整えてくれるから、私の美貌《びぼう》はいつも完璧。

友達もちやほやしてくれる。

ああ、私ってほんと勝ち組！　……って、最近までそう思ってたんだけど、ねぇ。

「まあ、ウェディングドレスのデザインコンクール！　蜜柑《みかん》さん、参加なさいますの？」

「うん！　いつかゲームのキャラデザとかしてみたいから、手当たり次第チャレンジしてるの！

このドレスを着てほしいゲームのＮＰＣがいてさぁ」

「すごいですわ、蜜柑さんはゲームをした事がありますのね⁉」

「萩菜《はぎな》ちん、ゲームした事ないの？　めちゃやば～。うち兄貴もゲーム好きのどMのど変態だから毎日VR機の奪い合いだよ～」

「どえむ？」

「あ、萩菜ちんは知らなくていい単語だよ～」

学校の廊下できゃっきゃと笑い合う、その片方は特別推薦枠とかで入学してきた庶民の女。

なんであんなのが選ばれた勝ち組しか通えないはずの私立学校にいるのかしら？

振り返って睨みつけるが、向こうは全く気づく様子もない。

ほんと、目障り。調子に乗っちゃってさ。

「……デザインコンクール」

掲示板の前で足を止めた。そういえば姉さんもそれに参加しようと準備してたっけ。

ちょうどいい、姉さんを〝イジる〟ついでにデザイン画もらっちゃおう。そんで、あの女に身のほどを分からせよう。

姉は優秀な女だが、優秀しか取り柄がない。

私のように人生を楽しく生きようとは思わないらしいのだ。

その姿が惨めで、〝イジって〟もっと惨めな姿にすると心がとても満たされる。

しかし、その夜はたまたま姉の婚約者が私に本気になってしまった話を両親に聞かされた日だったらしい。

姉はVRゲームの世界に――逃げ込んでしまった。

「まあ良いか。デザイン画は手に入ったし」

姉一人いなくなったところで、今の生活が変わる事などない。

この時はそう思っていた。


きゃっきゃと、笑う声。

優秀な女は、優秀なだけが取り柄のはずだ。少なくとも私の姉はそうだった。

しかし、蔵梨《くらなし》蜜柑という女は、私のその常識が通用しない。

握り締める、姉のデザイン画。

なぜ、なぜこんな事になった？

一言……あの女のたった一言で――！

『え？　それって八重香先輩のデザイン画ですよ？　ほら、普通にここ、八重香先輩のサインも入ってるし』

『あら本当。やだわ、老眼かしら、見えなかったわ』

コンクール担当の女教師と笑い合う蔵梨蜜柑。

その上、この女は私に向き直った瞬間真顔になった。

そして、私を……この私に！

『まだ締め切りまで一週間あるし、頑張って自分のデザイン画を提出すると良いよ』

そう！　言い放った！　あの女！　ただ優秀なだけしか取り柄のない女のくせに！

容姿も普通！　家は庶民！　彼氏もいないくせに！　生意気な庶民め！　ムカつくムカつくムカ

つくムカつくムカつく――――！

姉の描いたデザイン画をぐしゃぐしゃに丸めてゴミ箱に叩き込んだ。

それでも気持ちは治まらない！

でも、こんな時〝イジって〟遊べる姉はゲームの世界に引きこもったとかで政府の施設とやらに運ばれていかれた。

あの時は本当に驚いたわ。

夜、突然救急車のような車が門の前に現れて、担架でVR機ごと運ばれていったのだ。

政府の人間だという黒い服と、夜なのにサングラスの男が両親に事情を説明しますとか言って応接間に押し入るように入ってきてさぁ。

――『自殺志願者』救済の為のVRMMO。それが姉の逃げ込んだ世界。

フン！　くっだらない！　現実より面白い『ゲーム』なんかあるわけないのにね！

「チッ！　……あーあ、なにかないかなぁ……内申を良くする簡単な方法…………」

美大に行く、とは姉さんに言ったけどー、美大とか興味ないしね～。

まあ、適当に遊んですごすにはちょうど良さげ？

でもそれと成績はまた別の話だしぃ……もっとちやほやされたいからな～。

やっぱり芸能界かな？　母さんの知り合いに芸能事務所の社長さんたくさんいるし、頼めば入れてくれるでしょ！

私が芸能界入りすれば会社の宣伝にもなる～、とか言えば母さんならチョロいはずだしぃ。

「！」

あれ、前方の教室から出て来たのは、女子校にいるはずがない男だ。

若くて背が高くて容姿がとても整っている男の先生。

声もすごいセクシーで、女子校であるここでは高嶺《たかね》の花とばかりに人気がある非常勤のイケメン教師……長谷部《はせべ》先生！

舌で唇を濡らす。

あれだけ体がしっかりしてたら、下半身の方も絶対すごいよねぇ？

前から思ってたけど……シてみたい。すごく。

「せーんせ？　授業で分からないところがあるんですぅ！　教えてもらう事って出来ませんかぁ？」

「えっと、君は……？　何年生の……」

「二年生の泉堂三重香でぇ～す」

「ああ、君がそうなんだ。ごめんね泉堂さん、このあと他の学校に行かなきゃいけないから、ここの先生に頼んでおくよ。どの教科？」

チッ、上手い具合に逃げられた。思ってたより難易度高《たけ》ぇな。

ま、その方が攻略し甲斐があるけど～。

「先生車ですかぁ？　それなら、ついでに三重香を家まで送ってくださぁい。その途中で色々教えてもらえたら嬉しいなぁ……」

普通の男なら、上目遣いしながらこう言うだけで良いの。

それだけで鼻の下伸ばして、デレデレしながら「仕方ないなぁ」って言うんだから。

さあ……今日はアンタが私を楽しませるの。

「悪いけど自転車だから」

「じっ……!?」

自転、車？　は？　マジ？　超だっさぁ……！

「あら、三重香じゃない」

「え！　お母さん!?　それに、お父さんも!?　なんで学校にいるの!?」

先生の後ろから出てきたのは母さんと父さん。二人とも忙しいはずなのに、なんで学校に？

げぇ、まさか私のスカートが短いとかで呼び出されたわけじゃないよね？

そんなくっだらない理由だったらSNSで拡散すんだけど？

「八重香の事よ。学園に説明しろって、この先生が」

「『TEWO』のプレイヤーは学生さんも多いので。この学園でも三人目です」

「しかもまた受験生ですね」

最後に教室から出て来てつけ足したのは副学園長。

父さんは憔悴《しょうすい》しきった顔で壁際に移動し、左手で顔を覆う。

「三人も？　この学園の学生管理が行き届いていないからなんじゃありませんか!?」

「お母様、先程の長谷部先生のご報告をお忘れですか？　八重香さんの自殺志願理由はご家族の事情のようだ、と」

「なにかの間違いよ！　うちは家族間でなんの問題もありませんもの！」

副学園長が頭を抱える。

ぷぷぷ、良い気味。若いくせに偉そうにしてるからよ！

「まあ……俺が会った少女がそうだと断定は出来ませんけれど……。近いうちまた手紙を送って様子を見てあげてください」

「そうしてください。一応学園の方では休学手続きと担任教師からのゲーム内への手紙連絡も試みますが……」

「ですから！　言われなくともそうします！　あの子には会社の手伝いもしてもらってるんですから！」

「ですから！　一応八重香さんは学生で、しかも受験生……」

「ええ！　良いんです、それが八重香の意思なんです！　大学もここの大学部を受けさせるって言ってるでしょう!?　なにが不満なのよ！」

「だから！　それはちゃんと娘さんと話して決めたんですかって聞いてるじゃないですか！」

「どうどう、柳瀬《やなせ》落ち着いて」

「フウゥー！」

……うちの母さんの剣幕に気圧《けお》されず言い返すとか副学園長ヤバァ……怒った猫かよ。

「いいえ、連絡は不要です」

「？　貴方？」

「？　父さん？」

首を横に振りながら、父さんは先生たちにそう言った。

八重香八重香と言っている事から、一昨日送ったゲームの中への手紙についての話だと分かるけれど……父さんはもうあの面倒くさい手紙を送るつもりはないって感じ？

それならそれで良い。だって面倒だったし。姉さんがどうしてようと姉さんの勝手だもんね。

「あの子の人生だ。好きに、自由に……あの子の望むままに生きてほしい」

「なにを言っているの！　あの子には会社を――」

「会社、会社とそう言って、八重香を縛りつけて苦しませるなら、会社も工場も畳む」

「へ？　と、父さん⁉」

「なっ――⁉」

「⁉　せ、泉堂さんのお父様⁉」

目を伏せて、父さんは静かだがはっきりした声で言い放った。

は？　ちょっとなに言ってるの？　冗談だよね？　た、畳む？　畳むってどういう意味？　やめるって事？

なに言ってるの⁉　父さんの会社がなくなったら……！

「待ってよ父さん！　冗談だよね⁉　本当にそんな事するはずないよね⁉　そんな事したら、三重香たちどうなるの⁉」

「心配しなくてもすぐにはなくならない。まずは社員たちをよその会社に紹介しなきゃならないからな。やめるのも時間と金がかかるが……まあ三重香が大学を卒業するまでは、続けるよ」

「な、なっ、なっ！　なにを言っているのよアナタぁ！」

母さんの狂気じみた金切り声が廊下に響く。

なに？　なに⁉　なんなの⁉　なにが起きてるの？　父さんがおかしい、おかしくなった！　変な事を言い出して……っ！

「三重香は忠君のところに嫁ぐんだ。大丈夫、彼ならきっとお前を幸せにしてくれるよ」

「とっ、父さん……!?」

なに言ってるの!?　あんな金と家柄しか取り柄のない男に本気になるはずないじゃない!?

本気であんな男と結婚するわけないじゃない!?　あんな男、可愛い私に相応しくない！

「と、父さん待って、本気じゃないよね!?」

「………」

背を向けて歩き出した父さんの背中に駆け寄って、裾を摘む。

でも父さんは私を振り返る事なく背を丸めて歩き続けた。

「貴方！」

今度は母さんが父さんに呼びかけながらあとを追う。

これ、まずくない？

父さんが本気で……あんなブスでゴミみたいな姉の為に会社を畳むつもりとか……。

はあ？　そんなの許されると思ってるの？

「………」

なんとかして、あのバカ姉をあのゴミ溜めから連れ戻せば良いのかな？

きっと跡取りがいなくなったからあんな事言い出したのよね？

冗談じゃない。　私はこの先もずーっと、幸せに生きる権利があるの。

「……なんとか、しなくっちゃ」

そう、なんとか。

第四章　愛は道連れ、世は情け？

「んん〰〰っ！　よく寝た～！」

四日目の朝だ。

朝起きると影の中からあんことだいふくが出てくる。

背伸びをして、二匹におはよう、と言ってそのもふもふの体を撫で回す。

はぁあ……もふもふぅ～……幸せ……！

「みぃ？」

「わふぅ？」

「そうだねぇ、今日はなにしようか」

テイムしたモンスターは、基本食事は不要。

ただ、一日二食、朝と夜きちんと食べさせると成長しやすくなるらしいので、今日からこの子たちの分も支援宿舎で食べさせてもらえるか聞いてみるつもりだ。

そして、今日の予定。

色々やりたい事が多すぎて、どれから手をつければ良いのか分からないんだよな～。

悩みつつ、装備の確認は怠《おこた》らず！　っと！

「ああ、シアちゃん。おはよう」

「おはようございます、ロディさん」

ロディさんというのはこの支援宿舎の女将《おかみ》をしているNPCだ。

恰幅《かっぷく》の良いおばさんで、おかん！　って感じ。

初めてこの宿舎に来た時にカウンターにいた人ね。

「あんたは毎日決まった時間に出てくるから安心するよ。今日はなにするんだい？」

「まだ迷ってて……あ、この子たちのご飯って同じようにタダでもらえますか？」

足元に子犬と小狐の姿をしたモンスター。

ロディさんには驚かれるかなー、と思ったけど「ああ、テイマーになったのか。良いよ、テイムされたモンスター用の餌があるからあげるよ」と爽やかに言ってもらえた。良かった。

「それにしても一日に珍しいモンスターを二匹もテイムするなんて、すごいねぇ、あんた」

「そうなんですか？」

「ん？　ステータスチェックしてないのかい？」

「……スキルツリーしかチェックしてませんでした」

「ははは！　ダメだよ、ちゃんとステータスチェックしないと～。あんたの大事なパーティーだろう？」

「……そう、ですね」

言われてみればそうだ。

ご飯食べてる間にチェックしておこう。

「予定が決まらないなら冒険者支援協会に顔でも出して、掲示板を覗いてくれれば良いんじゃないか？」

「……そういえば、そういうのもあるんですよね」

ビクトールさんに聞いた……『スライムの森』というダンジョンは傷薬の材料が手に入るらしいから、そこにも行ってみたい。

一人暮らしを考えると、釣りや料理も出来るようになった方が良いと思うし……。

あ、そういえば店舗や自宅のどちらかはもらえるって言ってたけど、店舗兼住宅にするにはいくらかかるんだろう？

家具ってこの町で買えるのかな？　自由度が高いって事は作れたりもするのかも？

いや、でも、まずは『鑑定』を鍛えて『素材知識』のスキルを覚えたいし……。

うーん、やる事が多すぎる。

こんな時、キャロラインやハイル国王なら「なにを最優先にするか」を問い質《ただ》してくると思う。

つまり……私がなにを最優先させたいか……。

「…………」

やっぱり生活基盤になる自宅、かな？

でも、他に住みたい場所が出来たら取り壊さなきゃいけないんだよね。

なら店舗に仮眠室を作ってそこで寝泊まりする？　あ、そうか、安直な人はそう考えて店舗を最初に作るのかも。

でも、宿舎の生活は全部タダだしお風呂も入れる。生活に不便はない。

やっぱりしばらくはここを拠点にするのが良いのかな。

「う～～～～ん」

「なんか悩んでるねぇ」

「はい～」

「目いっぱい悩めばいいさ。今の悩みはきっと贅沢《ぜいたく》だよ」

「…………。そうですね」

やりたい事をやれる。その環境。

うん、とても、贅沢だ。

誰もが本来なら与えられてしかるべき自由だろう。でも……。

「……よし、なにをするにもまずお金！　お金を稼ごう！」

「ああ、そうだね。それが良い」

「なにか儲け話はありませんか！」

「あっはっはっ！　一日中ここにいるあたしが知るわけないだろう！　そーゆーのは支援協会に行ってお聞き！」

「はぁい」

「みぃ！」

「ふぅん！」


まあ、そんなわけで本日も冒険者支援協会にやってきました。

一昨日と昨日の事があるので、あんことだいふくには影に入らず、ずっと側にいてもらう。

これだけで私がもう戦えないビギナープレイヤーではない、と周囲を牽制《けんせい》する事が出来るのだ、

えっへん。

「おはようございます～」

「あ！　シアさん！　おはようございます！」

受付のクミルチさんが、私の姿を見るなりぱあ、と表情を輝かせる。

明るくて良い人だなぁ、と思いつつ、カウンターに近づく。

「ちょうど良かった……あの～、実はシアさんにお手紙が届いているんですよ」

「え？　手紙？」

カウンターの前まで来るとクミルチさんが困り顔になる。

申し訳なさそうというか……。それに、手紙？

私、この世界で知り合いはキャロラインとハイル国王とチーカさんとルーズベルトさんとビクトールさんくらいだぞ？

ルーズベルトさんとチーカさんはフレンド登録してないし、キャロラインたちはＮＰＣだけど……。

あ、チーカさんはフレンド申請してみようかな、あとで。

「は、はい。リアルの、現実の世界からのご家族から……」

「っ！」

ぎゅ、と拳を握る。

冷や水を浴びせられた、とは……こんな感覚なのだろう。

足元が、血が通っていないのではと錯覚するほど冷える。

昨日のダンジョンでも、ここまで寒いと感じなかったのに。

「…………」

「受取拒否や、こちらで保管も出来ますが、どうなさいますか？」

……体裁《ていさい》、かな？

最初に浮かんだのは、それだった。

自殺志願者の逃げ込むゲームを、娘が始めた。

キャロラインたちの話ではVR機の本体位置情報から、医療関係者が体を専門の医療機関に運び、そこで生命維持の管理してくれる……という話だったな。

そして、家族であっても無理やり連れ帰る事は出来ない。

実際、四日目の朝をこうして無事に迎えられた事を思うと、概《おおむ》ね本当なのだろう。

それでも無理やり連れて帰りたい家族がやる事——……ゲームの中にいるプレイヤーの説得。

つまり、手紙だ。

……なにが書いてあるのか、大体予想はつくけれど……。

「みぃ？」

「くぅん……」

「……受け取ります」

「大丈夫ですか？」

「はい。大体なにが書いてあるのかは予想がつくので」

「無理しないでくださいね？　もし返事を返したくない場合は、こちらで定型文を送る事も可能ですから……」

「ありがとうございます」

差し出された手紙を受け取って、その封筒を見る。

裏返しにすると、封蝋《ふうろう》で留めがしてあった。

その場で開いて、数枚の紙を取り出す。

クミルチさんがとても心配そうな顔をしている。

「………」

最初の数枚……とにかく長ったらしい文章は母だ。

要約すると、『あなたがいないから、お父さんの会社で進めていた新しいデザインの缶詰の開発が滞《とどこお》ってしまっている。一刻も早くこんなバカげたゲームなんてやめて、現実に帰ってきて仕事を進めてほしい。なにより体裁が悪すぎる。子どもじゃないんだから、わがまま言わずに仕事をして』かな。

まあ、思った通り。

というか、これ……新しいデザインの缶詰の話は私がいなくても進めれば良いじゃない、ねえ？

大体、私はまだ学生。高校三年生だ。

……お母さんの中で私はもう子どもではないらしい。

それにびっくりするほど私の事を『会社の道具』と言っているような内容。

すごいな、あの人。感心してしまう。

「………」

母の手紙をカウンターに置いて、次の手紙を読む。

あれ、三重香だ。親に言われて仕方なく書いた、という感じかな？

こちらは直筆。スキャンして送られているのだろうか。

だとしたら母さんの手紙は尚更驚き……ううん、呆れた。

……手書きじゃないって事は、メールかなにかで送ったのかな？

んー、三重香は……あー無理、目が滑る。なによこのわざとらしい丸文字。半分は例の婚約者の彼氏さんと最近話した内容、デートした場所について。

あとはつけ加える程度に『早く帰ってきて、お姉ちゃん』だそうです。

……こいつはこいつですごいな……なんかもう、感情がいっっっっちミリも動かない。

「ん？」

最後の一枚はお父さん。

読んで、目を見開く。

『自由に生きなさい』

ただ、それだけ。

その一言だけ。

なぜだろう、お父さんは、私の中のお父さんは片手で目を覆《おお》い、静かに泣きながらこれを書いていた。

直筆の手紙。

三重香とは全然、全く、違う。

重さや、空気、厚み。

それを胸に、大切に抱く。

「……ありがとうございます。あ、これ要らないんで捨てといてもらえますか？」

「は、はい。あ、その一枚は、お受け取りという事で……」

「はい。これは……これは宝物にします」

「……そうですか」

これだけは封筒にしまって、貴重品一覧に入れておく。

「お返事はどうされますか？」

とクミルチさんに笑顔で聞かれたので。

「出しません♡」

と、満面の笑みで答えておいた。

「それでは改めまして、本日はどのようなご用件でしょうか？」

「えーと……クエストを受けようかと思いまして。……私でも出来そうで、報酬が良いクエストって、なにかありますか？」

「そうですね……簡単なクエストは掲示板の下の方にありますけど……」

掲示板の下の方か……。

と、振り向いたら——。

「!!」

「ほほう、報酬の高いクエストを所望か！　では俺からクエストを出そう」

キラキラと輝く金緑の髪、金の瞳。艶のある紫紺のマントと純白の騎士服。整った美しい顔。

いや、待て！　情報処理が追いつかない！

「はぁ！　ハイル国王様！」

「今日は冒険者のハイルにすぎない。間違えるな、シアよ」

「無理ですよ！」

国王出たぁぁ――――！

「まあ、そう言うな。今日はたまたま時間が出来たので、久しぶりに冒険にでも出かけようかと思ってな。本当なら一日くらいキャリーとゆっくりすごしたいと思っていたのだが……今日も新規プレイヤーが来たらしい。キャリーはその対応だ」

「は、はあ……」

「結婚したのにこのすれ違い生活……はぁ、これなら婚約者時代の方がずっと一緒にいられたのに……。運営は我々を……特にキャリーを働かせすぎではないだろうか？」

「は、はあ……」

「キャリーの手作りパンも最近食べていないし」

「は、はあ……」

……しかしキャロラインの手作りパンは私も興味あるんだよね。昨日行った時も開いてなかったみたいで、お店見つけられなかったし。

そうね、運営、ちょっとキャロラインを働かせすぎではない？

部下のNPCがいるなら、キャロラインに一日、二日、お休みあげても良いんじゃないかなぁ？

私もキャロラインのパン食べてみたい。

「というわけでキャリーに『シャン麦』をプレゼントして有給を取ってもらうよう頼んでみようと思っている」

「なんですか、その『シャン麦』って」

「パンを焼く小麦の一種だ。それを渡して、有給を取って俺にパンを焼いてほしい、と頼めば優しいキャリーはきっと有給を取ってくれる！　と、思う」

「な、なるほど。私もキャロラインのパンは食べてみたかったので……分かりました協力します！　どこで採れるんですか！」

「王都から西に進んだところに『ハウェイ』という農業の町がある。その側に最近鳥型のモンスターが現れ、収穫間近のシャン麦を食い荒らしているそうなんだ。それを退治する！　報酬は五千円出そう」

「や、やりますやりますやりますー！」

五千円！　これは大きい！

足元であんことだいふくも「みーみー！」「わんわん！」とはしゃぐ。多分、私がはしゃいでるから。

「え、お、お待ちくださいハイル陛下！　『ハウェイ』まで徒歩だと三日はかかりませんか⁉」

「え！」

「心配は要らない、飛竜に乗っていく」

「え⁉」

クミルチさんがカウンターから身を乗り出して叫ぶと、なんて事もないようにハイル国王は言い返す。

飛竜⁉　そんなものに乗るの？　乗れるの⁉

「ん？　列車の方が良いか？」

「列車⁉」

「どちらでも構わないが、飛竜の方が速いだろう。半日で帰ってこれる。言っておくが俺は泊まりの冒険はしない。キャリーに会う時間が減る」

「…………」

返！　答！　しづらい！

「そ、それっておいくら……」

「飛竜は騎士団から貸し出してもらうからタダだ」

それはそもそも貸し出されないものなのでは……。

さすが国王様、しれっとむちゃくちゃ言ってる。

「そ、それにそのクエストはお二人では大変なんでは……」

「なら途中で適当に誰かパーティーに誘おう」

「へ、陛下ぁ～！」

……なかなかにワイルドでフットワーク激軽な国王陛下なのね……。

「そうと決まればさっさと行ってさっさと帰ってこよう。行くぞ！　シア！」

「は、はい！」

「えー！　あ、あぁもう～！　シアさん、お気をつけてー！」

「は、はいー」

ど、怒涛《どとう》がす・ぎ・る！

ハイル国王……って言うと目立つって言われたから、ハイル様って呼ぶ事になったけど……ズンズンと進んでいく。

途中でパーティーメンバーをスカウトするって言ってたけど、いつする気だろう⁉

「ハイル様！　パーティーメンバーを探すって、覚えてます⁉」

「覚えているぞ、心配しなくとも『ハウェイ』の町にもプレイヤーはいるだろう」

「そ、そっちで探すつもりなんですか⁉」

「現地調達の方が早いんじゃないか？」

割と考えなし⁉

「あ、あの、あと！　す、少し、ゆっくり歩いて頂いても……！」

「あ、すまない」

……息切れはしないものの、歩く速さがものすごい！　私だとほぼ小走りじゃないと追いつけない！

ビクトールさんは私に歩幅を合わせてくれたんだな……。

「キャリーがいないとどうも……」

「…………」

この人はキャロラインには歩調を合わせるんだな……。

嫁バカというか、愛妻家爆発というか……。

「ひゃあ！」

どん、と鈍い音がしましたね？　それと、女の子の悲鳴。

音の方を見ると二人の男と道に尻餅をつく女の子。

みんなプレイヤーだな？

「またかよ、ほんとどんくせーな」

「やっぱお前とはここまでだな。パーティー解消しようぜ」

「そ、そんな！　待ってよ！」

「いやいや、お前みたいな戦えない奴と一緒にいて俺たちになんの得があるんだよ？」

……パーティー分裂？

いや、あれは『クビ』かな？

座り込んだ女の子はとんがり帽子をかぶって黒のマントをつけた、まるでおとぎ話に出てくる魔女のような姿。帽子の縁を両手で掴んで、深く被る。

「……分かった……」

「じゃあな」

あらら……なんだか微妙な現場に遭遇してしまっ……。

「ちょうど良い！　そこの君、俺たちと『ハウェイ』の町のクエストへ行くぞ！」

「「はへ⁉」」

「「⁉」」

ハイル様⁉

キラキラ笑顔でなにを言い出すんですかねぇ⁉

まだ立ち去っていなかった彼女の元仲間も、突然大声で声をかけるハイル様に驚いて振り返る。

魔女っ子の元へとズンズン進んで、ハイル様は相手の意思確認もせず腕を掴んで立ち上がらせた。

ちょ、ちょ、ちょ！

「え？　え？　え⁉」

「君、名前は？」

「マ、マティア……」

「よし、マティア！　我々のパーティーへ入れ！　さあ行くぞ！　時間が惜しい！　今日中に帰ってこなければならないんだからな！」

「え⁉　いや、あの！　えええええぇ‼」

「シア！　三人揃った！　ダッシュだ！」

「え、えええぇ⁉」

気づいたらハイル様リーダーでパーティーは結成されているし、騎士団の厩舎《きゅうしゃ》のような場所にいた飛竜たちをサイファーさんに一言言って借りてくるし！

いや、サイファーさん！　なんか言って止めて⁉　いくら王様でもこの勢いにはついていけない！

「さあ、乗れ！」

「「乗れ⁉」」

「大丈夫だ、乗ればその時点で『騎乗』スキルが得られる。あとはなんとかなるはずだ、多分」

「「多分⁉」」

「ぐずぐずしていては今日中に帰ってこれないぞ！　ほら！」

「「ぎゃ、ぎゃ――――！」」

ペイペーイ！

と、ドラゴンに感動する間も与えられずその背中に放り投げられる。

意外と広いその背中、手綱《たづな》を持たされ、恐る恐る「よ、よろしくね？」と言うと鋭い目を細められて「ぐぁ」と返事をされた。

あ、意外と可愛い……？

「いざ！」

「「っっっ！」」

と、思ったのはその瞬間まで。

ハイル様の飛竜が飛び立つと、私とマティアさんの乗る飛竜もひと鳴きして飛び上がる。

足が地面からぐぅん、と離れる感覚にウエッとなった。

というか、私まだマティアさんに自己紹介とかしてないような？

空の上で出来る？　と思っていたけど、当然ながら出来る状況ではない。飛竜のスピードは、どんどん速くなっていくのだ。

「首に額をつけるように身を屈めておけ！　振り落とされて死ぬぞ！」

と、ハイル様が前の方で……つけ加えると笑顔で……助言してくれるのだが……。

「ふのぉおおおぉ！　の、乗る前に教えてくださぁぁぃ！」

「ほんと！　ほんとそれ！」

反り返る背中をなんとか前屈みに戻して、言われた通り額を飛竜の首にくっつけるよう屈む。景色？

見る余裕なんかないわ！

一体どのくらいそうしていたのか、うっすら瞳を開けようにも、飛竜は揺れるのでおでこをゴツゴツ鱗《うろこ》にぶつける。

感覚的にふざけたスピードなのは間違いないので、ほとんど乗ってる間は自身の無事を祈るばかり。

あぁぁぁ……！

出来ればこんな体験、もう少し余裕がある状態でしてみたかっ……！

「グエェ！」

「っ～～～～～～！」

急降下ぁぁぁぁぁぁ!?

「ここが『ハウェイ』の町だ！　さあ、狩ろう！」

「えっ……!?　いや、あの、っぅぐっ！　……ちょ、ちょっと休みませんか！」

吐きそう！

降りて早々なに言ってんのこの人！

あとここ町というより町の少し手前の麦畑では？

「来るぞ！　君たちは『死なない事』だけ考えろ！」

「「へ？」」

空から不穏な気配が近づく。

ハイル様が弓を装備すると、その不穏な気配が霧のようにどこからともなく現れた。

お、お、お、思ってたより超！　大きいツバメみたいなモンスターが現れた～～～!?

「っ！」

いや、ここは……『鑑定』！

【ビッグディアスワロウ】

収穫前の麦が大好きな迷惑害獣モンスター。

弱点は『突』『雷』。

『突』が弱点なら、私も手伝えるかな、と一瞬でも思った自分を殴りたい。

「うわぁぁぁ！」

「いやぁぁあー」

翼を広げ、体の角度を垂直にしたビッグディアスワロウが鋭い嘴《くちばし》をこちらに向けて突進してくる。

その大きさ！

風圧で私とマティアさんはごろんごろんと吹き飛ばされる。

し、死なない事って、こういう事か！　確かにこんなのに直撃したら一撃でHPがゼロになる！

えっと、ゼロになったら王都のお城で目覚めるんだっけ？

……飛竜に乗って帰るよりそっちの方が良い気がしたけど……それはどうなんだろう。

「ひっ、むり、な、なんでこんな……なんでこんなとこにいるんだぁぁ……？」

そしてマティアさんは早くも戦意喪失してる！

気持ちは分かる。あんな大くて素早い、突進力のあるモンスター、ビギナーの私じゃ一〇〇％勝てない！

ハイル様どうする気……!?

「ビッグディアスワロウは突進後、旋回して再び突撃してくる！　悪いがちょっと立ってくれ。あとはしゃがむだけで良い！」

「「は？」」

矢を取り出してハイル様がしれっととんでもない事を私とマティアさんに言い放つ。

この人、今なんて？　さらりと「囮《おとり》よろしく」って言わなかった？

え？　私たちプレイヤー、この人NPC……。

「早く！　来るぞ！」

「あ、あぁぁもう！　分かりましたよ！」

やってやりますよー！　と、立ち上がる。

伏せてた方が爪でやられそうだし……ってマティアさん！

「マティアさん！　伏せたままだと狙われますよ！」

「ひっ、む、無理……腰が抜け……」

えぇぇ、腰抜けるの早くない!?

っ、だめだ！　旋回が終わった！　次の突撃が来る！

「お願いあんこ！　だいふく！　マティアさんを道の端に連れてって！」

「みぃ！」

「わん！」

影から二匹を出す。

囮は私がやる！

ハイル様はすでに道の端に移動して、しゃがんでなにか呪文を唱えていた。

……もしかして、ハイル様は武器に魔法の力をつけ加える『魔法付加』が使えるの？

NPCなのに？

「っ！」

巨大な鳥が真っ直ぐに私目がけて飛んでくる。

まだ、もう少し、引きつけて……えい、っとハイル様のいる方向とは逆の道端に跳ぶ。

転んで顔を打ったけど、良い感じに避けられたんじゃない？　俊敏上げておいて正解……！

「我が妻への土産の邪魔者よ、ここに朽《く》ちろ！　エナジーシャイン・シャワーアロー！」

詠唱《えいしょう》に惚気《のろけ》入るの――――!?

と、思わず心の中で突っ込んでしまったけれど、ハイル様の放った一矢《いっし》は魔法陣のようなものを潜ると旋回し始めたビッグディアスワロウへ、無数の雷雨となって突き刺さった。

それはもう、えげつない感じでドスドスドスドスと。

え、ええ……？　NPCのハイル様が強すぎてすごいと思うべきなのか、愛の力ってすごいって方向で驚くべきなのか……この場合どっち……？

「ふん、他愛もない。シア！　素晴らしい囮役だったぞ。褒美《ほうび》にそのモンスターは全て君にやろう！　解体して肉にして保存するなり売るなりするが良い！　ドロップアイテムも持っていけ！　俺は町の者に報告をして『シャン麦』を分けてもらってくる！」

「えっ!?　えぇぇ!?」

シャン麦ってクエスト報酬に分けてもらうものだったの!?

そしてモンスターの死体が残ってる！　私が倒した時は煙みたいに消えたのに……いや、ブブーンは破裂したけど。

「あ、マティアさ……」

パーティーなんだし、二人で分けた方が良いよね。

と、振り返る。

チーン……と効果音が聞こえそうな感じに白目向いて気絶するマティアさん。

その顔を覗き込むあんことだいふく。

側に駆け寄ると……うん、気絶してる。

「…………どうしろと……」

さすがに天を仰いだ。

＊＊＊

「うっ、えっぷ……」

「今日はつき合いに感謝する。では、俺はこの『シャン麦』をキャリーに渡してこなければならないのでもう行くが……明日は第三柱大通りのキャリーのパン屋に来ると良い！　きっと美味しいパンを焼いてくれるはずだからな！」

「は、はい……こ、こちらこそ、貴重な経験、ありがとうございました……」

…………ど、怒涛だった。

あのあと、麦をもらってきたハイル様にモンスターの解体の仕方を教わって『解体』スキルを習得。これは倒しても死体の消えない『ビッグ種』に主に使用する『生活スキル』の一種。

『解体』するとお肉や素材がたくさん手に入るんだって。

このスキルの熟練度が高ければ高いほど、多くのお肉と素材が手に入るわけね。

まあ、このスキルも今の私には本来入手困難なスキルだろう。

あと、『騎乗』スキルも。

馬、鳥、飛竜など、この世界で乗りものになる生きものに乗る為のスキル。

今回は運良く（？）訓練された騎士団の大変賢い飛竜が、ハイル様という『騎乗』スキルを究めたお方の命令で乗せてくれたけど……普通はとても取得が難しいスキルなんだそうだ。byサイファーさん。

テイマーなら比較的早く入手出来るらしいけど、さすがに初めてで飛竜は難易度高かったし、挙《あげ》句《く》マッハに近いスピードを出されたらしいから「よく生きて帰ってきたなぁ。陛下の『騎乗』スキルに感謝しとけ」らしいので、熟練度を上げるとパーティーメンバーにもその効果が反映されるようだ。すごい。

すごいけど死ぬかと思った。

爽やかな笑顔でとんでもない人だ、ハイル様……！　嫁の為なら暴走列車かな⁉

「あ……そ、そうだ、マティアさん……あのう、今更ですが、私はシアといいます……今日は、お互いお疲れ様でした」

「あ、初めまして……今更ですがマティアと申します……本当にお疲れ様でした……」

だいぶグロッキーなまま、朝出会ってほぼ半日空にいて、夕方パーティー解散後にこの挨拶。順番おかしいよね、と思いつつ、青い顔のまま頭を下げる。

……改めてハイル様、恐るべし。

「あ、そうだ……マティアさん気絶しててさっきは渡せなかったんですが……ハイル様がモンスターのお肉や素材は私たちにくれるそうです。あんまり上手く『解体』出来なかったんですが、お肉と素材、半分にしましょう」

「え？　えええ！　いえいえ！　そんな！　ぼくずっと気絶してましたから！　役に立ってないの

にお肉や素材をもらうなんて最低じゃないですか！　要りません！」

「……え、でも……」

ん？

…………ぼく？

「……マティアさんって、男の人だったんですか？」

ストーンと足元を見る。

真っ黒で寸胴《ずんどう》なワンピースから覗く脚は華奢《きゃしゃ》。黒いブーツも星の飾りがあって可愛い。

私が見下ろしたのでしっぽを振るあんことだいふく。うん、うちの子たちも可愛い。

いや、そうじゃなくて……。

「…………ご、ごめんなさい……」

「え？　突然なんですか？」

帽子の端を摘み、両側から引っ張って俯くマティアさん。

なぜ謝られたのか分からない。

「……気持ち悪いです、よね……でも、あの……ぼく、こういうのが、その、趣味で……」

「あ、そうなんですか」

「え？」

「え？」

「「……え？」」

……なんでびっくりされたの？

思わず聞き返したら、聞き返された。

え？　なんで？

「え、き、きき、気持ち悪くないですか？　男がスカートだなんて！」

「なんでそんな話になるんですか？　スカートは衣類ですよ？　スコットランドには有名な『キルト』のスカートがありますし、それは男性も着用する立派な民族衣装です。インドネシアやマレーシアにも『サロン』という腰回りを長い布で覆うスカートのような文化があります。昔の日本ではジーンズを働く男のはくものと決めつけて敬遠していた時代もありましたが、現代においてそれは時代錯誤も良いところ！　スカートも同じだと私は考えます！」

「………………」

……あ！　しまった、つい！　服の事だったから言い返しすぎちゃった！

「ご、ごめんなさい……偉そうに……」

「い、いえ……、……そんな風に言ってくれた人は……リアル含めて初めてです……」

ああ、まだまだスカートは女ものという概念が日本には根強いのよね。もったいないと思うんだけどな。

というか、本人に似合えばなんでもいいと思う。

あと本人が着たいなら似合わなくても似合うような服を作って着ればいいというか……。

「………………」

ん？　似合わなくても似合う服……。

あ、それだ。とてもストーンとしっくりきたぞ。

ドレスデザインはとにかくとても楽しいけど、それもありというか、そういうのもやりたい。似合わないから着られない、そんな悩みを一発で解決するような服のデザインをしてみたい！

これだ！　ドレスデザイン以外で私が目指すべき服の方向性！

「実はぼく、昔から可愛い服に興味があって……。でも、高校に入る頃になると身長一八〇超えてしまって……」

おおう、かなりの大柄……！

「しかも先輩や同級生に無理やりラグビー部に入れられて、目も当てられないマッチョになりまして……」

マッチョって目も当てられないの？

さりげなく全世界のラグビーマッチョに失礼な事言ってるな、この人。

「でも、スカートとか、可愛い服への憧れは強くなる一方で……」

「……………まさか……」

「はい、女装して深夜徘徊《はいかい》してました！」

「…………」

……そうか、やってしまったのか。め、目も当てられないな！

「それで通報されて家族にバレて……生きていけなくて……」

「そ、そうでしたか……辛い環境におられたんですね……」

「うっ……！　ふぇぇ！　だから、だからこのゲームのアバターは可愛い服が似合う、小柄で可愛い感じにしたんですが～！」

え、まだ続くの？

「……ぼく、男のまま可愛い服が着たいんです！　でもでも！　そこを分かってくれる人がいなくって……『男かよ！』とか『ネカマかよ！』っていっつもパーティーから追い出されてばかりでぇぇ！」

「………………」

な、なるほど？　今朝もその現場だったのか？

そんな理由でパーティーから追い出す人がいるなんて、ちょっと信じられないな。

……男のまま可愛い服が着たい、か。

「興味深いです」

「……え？」

「実は私、服のデザイナーを目指している者でして！」

「え？」

「要するに中性的な感じの可愛い仕上がりをご所望って事なのでしょうか？　それとも、一目で男と分かるのに可愛さを振りまくような⁉　そんな服をご所望という事なのでしょうか！」

「えっ、えっ……？」

「その辺り！　ちょっと詳しくお聞きしても良いでしょうか⁉」

「お前ら」

「！」

今後のデザインの参考に、そのお話詳しく！　と、思ったら……。

「サ、サイファーさん」

「城門の前でいつまでくっちゃべってる？　もう一七時すぎるぞ。お子様は宿舎に帰ってさっさと寝ちまいな！　精神的に疲れてるだろう？　あの愛妻家にとっ捕まると大体色々削られるからな」

「…………思い出したらどっと疲れが……」

「あ、ぼくも……」

「だろう？」

飛竜のマックススピードは若干トラウマになりそうだし……。くっ、今日は確かにもう寝たい。

「今日はフレンド登録でもして帰った帰った。城門の前でぺちゃくちゃされても困るしな」

「「は、はぁい」」

という事で、今日はマティアさんとフレンド登録して明日、服について語り合う事にした。

マティアさんは第四柱大通りの宿舎に泊まってるんだって。第一柱大通り以外にも宿舎があったんだなぁ。

まあ、それよりも服について語り合える機会が！　嬉しい！

この世界に来てあんなに理想的なサンプル……ンン！　同士にこんなに早く巡り会えるなんて！

明日が楽しみ～。

「みぃ！　みい！」

「わふ、んふぅ！」

「えっへへ、分かる？　あのね、明日は……ひっ」

ガッ。

あんことだいふくが嬉しくてスキップする私の横をぴょこぴょこ跳ねる。

それが可愛くて、私はますます跳ねる。

でも、二匹があんまり足元で跳ねるから、ぶつかりそうでステップが崩れた。足が、絡まる！

「んぶぅ！」

「み！」

「！」

………ド派手に顔面からこけた。

「………うみぃ……」

「みっ、みっ」

「くぅ、くぅん……」

じわぁ、と、涙が出てくる。

ううう～、痛い。

「んもう！　スキップ中に絡みついてくるの禁止！」

「みっ！」

「わぉん！」

＊＊＊

翌日、五日目の朝。

私は昨日フレンド登録したマティアさんと待ち合わせ。

第三柱大通りで、朝から開いているカフェで朝食を摂る約束もしたの！　カフェで朝食なんておしゃれ！　楽しみ！

キャロラインのパン屋さんに顔を出すのは、そのあとにした。

キャロライン、ちゃんとお休み取れたかな？

まあ、ハイル様があの勢いなのでは取る以外の選択肢はなさそうだけど。

もしもパン屋さんが開いてたらチーカさんに教えてあげよう。キャロラインに会ってみたそうだったし。

「みぃみぃ」

「うん、マティアさんに会いに行くよ。今日のご飯は少し贅沢して、外食」

「わん！」

あんことだいふくを引き連れ、待ち合わせのカフェへ。

赤い煉瓦造りの外装に、大きな窓ガラス。蔦《つた》が壁を覆い、黒い鉄のおしゃれな看板。黒い窓枠のようなドア。

平屋建てかな？

あ、よく見ると手摺《てすり》があるから、二階があるみたい。

もしかしてテラス席？　店主がプレイヤーなら自宅の可能性も？

王都に自宅兼店舗を構えているプレイヤーだとしたら、すごい人に違いないな！

いや、まだプレイヤーとは限らないけど……外装は文句なしにおしゃれ！

こんなところにこんなおしゃれなお店があったんだ～。

家と学校の決まりで寄り道不可！　だから、カフェってちょっと憧れてたんだよね～。

お金があったら通いたい！

第三柱大通りは飲食店が多いけど、一日ゆっくり見て回りたいかも。

そんな願望を抱きつつ、いざ！　おしゃれなカフェへ……入店！

は、はわわ～、ついに私もカフェデビュー！

「いらっしゃいませ。初めてのお客さん？」

「は、はい」

とても落ち着いた店内だ。

入ってすぐ左手にダークブラウンのカウンター。壁やテーブル、座席も暗めの木目調。入った瞬間鼻腔に入り込む芳《かぐわ》しいコーヒーの香り。

そして私に声をかけてくれたのは、カウンターの中にいた、おそらくこの店のマスター。

白銀の長い髪を一房右肩に垂らし、後ろの髪はお団子にして垂らしているものすごい綺麗なお兄さん……！

でも白いカーソル……NPCだ。

いつも思うけど、たまーにプレイヤーみたいな雰囲気のNPCがいるなぁ。

キャロラインとか、ハイル様とかサイファーさんとか。なんだろ、これ。

「俺はこの店の店主でレイ。今後ともご贔屓《ひいき》に」

「あ、は、初めましてシアと申します。この子たちも入って大丈夫でしょうか？」

足元のあんことだいふくを見せる。

ほう、と珍しいものを見る眼差し。

青い瞳が面白いとばかりに細くなる。

「ああ、構わないですよ。けど、動物の苦手なお客さんもたまにいるから、二階のテラス席をご利用願えますか？」

「わ、に、二階！　テラス席！　い、良いんですかっ」

店先で見えた手摺！　やっぱりテラス席だったんだ⁉　お、おっしゃれ〰〰〰！

「もちろん。ああ、でも席まで持っていくのはセルフになるので、まずメニューとお飲みものをお選びください」

「は、はい」

それまでは二匹に影に入っていてもらう。

カウンターまで来ると、ショーケースには美味しそうなケーキの数々。

はわぁ……ケーキ──！　絶対頼む〜っ！

「えっと、エッグマフィンとカフェラテをMサイズで。あと、チョコレートケーキをっ」

「かしこまりました。少々お待ちください」

朝早いせいかお客さんはまばら。

来ているのはプレイヤーばかりだわ。

トレイが用意され、手際良く紙に包まれたエッグマフィンと紙コップのカフェラテ、お皿にフォークとともに載せられたチョコレートケーキが置かれる。

「エッグマフィンが二十円、カフェラテが十円、チョコレートケーキが十五円で、四十五円になります」

「四十五円ですね」

サイフをカバンから取り出し、お金を払う。

にっこりと微笑まれて、ごゆっくりと声をかけられる。

甘い微笑みにうっかり見惚《みと》れそうになるけど、待て待て、大切な事があるだろ、私。

「あの、今日ここで待ち合わせをしてて……とんがり帽子の魔女のようなプレイヤーなんですが……」

「ああ、マティアくん？　了解、来たら君が二階にいると伝えておきますね。それで良いですか？」

「は、はい。よろしくお願いします」

話が早くて助かります。

またにっこり微笑まれて、ついぽやーとなる。

「はっ！」

いかんいかん。なんだこの人！　いや、このＮＰＣ！

謎のお色気のようなものを垂れ流している……！　近くにいるのは危険だ！　なんとなく！

品物の載ったトレイを受け取って、入り口と対面する壁の端っこにある階段をサクサク上る。

「……お、おおぉ～！」

扉などはなく、上り切るとそこはウッドデッキのようになっていた。

煉瓦より柔らかな木の感触を踏みしめながら、一階よりも明るく座席数の少ないテラス席を見回す。

ガラスの天井は、蔦が生い茂っている。

木漏れ日が降り注ぐ感じでおっしゃれー！

「あんこ、だいふく！　出てきて良いよ！」

「みぃ！」

「わぉん！」

黒い狐と白い犬がピョーンと影から現れる。

手摺に一番近い席にトレイを置いて、チーカさんのところで買ったお皿を取り出し、中に支援宿舎でもらえるモンスター用の顆粒《かりゅう》ご飯を注ぐ。

それを二匹の間に置いて「食べて良いよ」と言えば、良い子で待っていた二匹は目を輝かせてお皿に鼻を突っ込む。

はあ～、可愛い！　ちゃんと待てても出来て、超良い子！

うーん、今日チーカさんのところで新しくお皿買ってこよう。

新しい私用のと、だいふく用の。今使ってるやつはあんこにあげよう。

「私もいっただっきまーす」

エッグマフィンを紙から取り出してかぶりつく。

ん、美味しい！

パンはふかふか、レタスシャキシャキ、チーズ濃厚！

目玉焼きはバターの風味がついていて、しっかり火が通った硬めの焼き加減。

お城で食べたご飯は緊張してて、あんまり味を覚えてないんだけど……今思えば中身があんな嫁愛爆発旦那を前に惜しい事をした！　もっと味わって食べれば良かった！

「……良いにおーい」

カフェラテも挽《ひ》きたてコーヒーの良い香りがする。それに、ミルクのトロッとした香りも。

一口飲むとじんわり広がるミルクの甘み。あとから添えるように入ってきたのはコーヒーの苦味だ。

少しだけど砂糖も入ってるな。でも、本当にちょっとだけ。絶妙！

ミルクもコーヒーも邪魔しないほどちょーっぴり！

すごい技だ……！　私、自分でカフェラテ作ったら絶対ミルクも砂糖も入れすぎちゃう。

ブラック？　飲めませんがなにか！

「！」

こく、と喉を潤していると、階段を上る足音が聞こえてきた。

振り返ると、魔女ッ子マティアさんが満面の笑みで現れた！

「おはようございます！　シアさん！　本当に来てくれたんですね！」

「もちろん！　だってお話聞きたかったのはこちらですし！」

マティアさんが持っていたトレイを私の手前に置く。

彼が椅子に座る頃、あんことだいふくはご飯を食べ終わってお互いの毛づくろいを始めていた。

可愛い。

二匹がご飯を食べたお皿を回収して、カバンに入れる。

帰ったら洗わないとね。

「ええと、それでは食べながら！　昨日のお話の続きを！」

「は、はい！」

という事でトークタイム！

マティアさんの悩み……リアルでの悩みは高身長ゴリマッチョな体型。

しかし、趣味としてはフリッフリの甘ロリ系ファッションが好き、というリアルでは一瞬で『不審者』通報されそうなもの。

色味も白やピンクが好き。

ならなんで今黒い魔女っ子風なの、と聞けば……。

「魔女っ子は魔女っ子で好きなんです！」

と拳つきで熱く返事をしてくれた。

分かる。服の趣味はひとつじゃないよねー。

という事で、ノートを取り出した。

彼のリアルの体型を想像しながらベースのモデルを描き、甘ロリ系、かつ男の人に見えるデザインを描き上げる。想像以上に難しいけど……なんてデザインし甲斐があるの……！

楽しい。すっごく楽しい！

「わあ……」

「ここにリボンをつけて……丈の長さを左右で変えてみて……」

「可愛い～！」

「どうです？　これならマッチョ体型な男の人でも可愛くスカートをはけませんか⁉」

「は、はい！　確かにこんな服なら…………いや、ある意味別な難易度が上がっているような……？　なんか完全に、普段着ではないですよね……これ。コスプレみたいですし……」

「コ、コスプレ……」

ノートに描いたデザインを全部パラパラ見直してみる。

う、うーん、うん、う、ううん？

これも、これも、これも……普段着として着るには確かに派手かな。

「でも甘ロリってそういうものじゃないんですか？」

「き、着た事ないので詳しくは……。いつもスマホで眺めるだけでしたし……」

「そうですかー……うーん、もっとフラットに、普段着っぽい甘ロリ系……」

難しいなぁ。男の人の甘ロリスカート普段着ってこんなに難しいのか。

いや、逆に燃えてきた。絶対可愛くて普段着に出来る甘ロリスカート男の人用を考えてみせる！

「……あ、そういえばチョコレートケーキ！　早く食べないと固まっちゃうんじゃないですか？」

「しまった！」

あぁ～、エッグマフィンも冷めてる～！

……くっ、冷めても美味しいのが救いだわ……！

「……引き続き色々デザインしてみます。また見てもらって良いですか？」

「え！　あ、うん！　もちろん！　……っていうか、良いのかなって感じだけど……その、ぼくなんかのわがままで……」

「は？　いえいえ、私は自分のお店を出すのが目標なんです」

「え？」

この世界で、私は自分のお店を出したい。

目標は『魔法のドレス』を作る事。

でも、それだけじゃお店はやっていけないだろう。

ハイル様やキャロラインの話からすると、ドレスは需要がないんだよね。プレイヤーが煌びやかで重い、動きづらいパーティードレスなんか着る機会ないだろう。

そう思っていた矢先のこの案件！

きっと「着たい服が似合わなくて着られない」と、そう思っているのはマティアさんだけじゃないと思う。

着たいのに『固定観念』に邪魔されて着たい服を我慢している人がいるなら、私はその『固定観念』を取り込んだ上で、その上を行く！

「着たいものを、着たい人が着たいように着る！　服とはそういうもののはず！　常識に囚《とら》われている人たちに、常識をきっちり踏まえた上で常識の上を行く服をデザインし、作って着せる！　そう！　私はそんな服屋さんがやりたい！」

「…………………」

「だから、ありがとうございます！　マティアさんのおかげではっきりしました！」

「え、あ……ど、どういたしまして？」

とっても難しいけど、だからこそやり甲斐がある！　よーし、頑張るぞー！

『魔法のドレス』は絶対キャロラインに着てもらうとして！

　ゴリゴリマッチョの人でも気軽に着られる『普段着甘ロリ』！

　新たな課題が見つかって燃えてきたー！

「………シアさんすごいです……もう夢や目標があるなんて……」

「あ、私はそれを家族に邪魔されててこのゲームに逃げ込んできた人なので、多分他の皆さんと少し違うんですよね」

「！　そうなんだ……いや、でもすごいよ。ぼくなんかせっかくアバターを可愛い系にしても、甘ロリ系は袖を通す勇気もないし……そもそも売ってるの見かけないし」

「……そう、ですね……？　確かにそういう服は……見かけないです」

　確かにファンタジーな服は防具屋さんにたくさん売ってたけど、あれらはあくまで『耐久』を上げる為の『防具』。服の一種というよりは装備。

「！　な、なるほど！　勉強になります……！」

「な、なにが!?」

「服屋さん兼防具屋さんを目指せば良いんですね。そうか、そうですよね、プレイヤーが着る服って基本的に『耐久』や『ＨＰ』を上げる為の『防具』ですもんね！　その性能を持った可愛い服や、『服のアバター』とかがあれば良いんだ！　という事は防具を作れるようにならないといけないのか……防具屋さんってどうやってなるんだろう？　生産系ですよね？」

「…………シアさんすごいです……本当に……」

　んん？　本当になにがすごいんだろう？

完全に趣味一直線なんだけどな？

「だって甘ロリ系の可愛い服の防具があれば良いって事ですよね？」

「そ、そう、だけど……」

「私、まだ『裁縫』スキル覚えてないので頑張ります！　確か『商人見習い』から『商人』に職業を成長させると『商人』スキルに『裁縫』があるらしいんですよ。そこまで成長させるには……うん、やっぱりまずは品物になる素材集めもした方が良いですよね。お金も稼ぎたいし、しばらくはダンジョン通いが良いでしょうか？　他に儲ける方法は……うーん？　あ、でも魔法のスキルも上げないと……私早く『魔法付与』を覚えたいんですよ！　『魔法付与』は服に魔法効果を付与する事が出来るそうなので！」

「そ、そう、なんだ……すごいね？」

「という事はやっぱり戦い方を根本から見直そうかな……『魔法』スキルを伸ばすには槍よりも『杖』ですよね？　帰りに武器屋さんに寄らなくちゃ」

物理で戦うのはあんことだいふくに任せるようにして、私は後方支援に徹する戦い方にシフトした方が良いかも。

その方が魔法スキルは成長するし、あんことだいふくのステータスの成長の方向性も物理中心にしていけば良いって事になる。

うん、それで行こう！

あとは『ビッグ種』に遭遇した時の為に『解体』スキルも伸ばしたいけど……小型のモンスターは死体が残らないらしいから、中型のモンスターが生息する地域で販売用の素材集めをした方が効率良いかな？

「…………」

「マティアさん？」

「あ、う、ううん……。えーと、そ、そういえば、このあとどこかへ行くって言ってなかった？」

「あ、はい！　キャロラインのパン屋さんです！」

楽しい時間はあっという間！　いつの間にか十時を過ぎていた。

キャロラインのお店、開店したかな？　っという事で、そろそろ行動開始しますか！

「ありがとうございました～」

「ごちそう様でした！」

エピローグ　ともだち

レイさんのカフェを出て、マティアさんと一緒に第三柱大通りを城の方へと進む。

パン屋さんを営んでいるとは聞いたけど、詳しい場所までは聞いていなかったんだよねー。

建ち並ぶお店を眺めながら、パン屋さんを捜すと、城門が見えてきてしまった。

あるぇ？

「通りすぎたかな？」

「くんくん……わふ」

「だいふくどうしたの？」

あ、そうだ、だいふくなら匂いで見つけられないかな？

と思っていたらだいふくが尻尾を振りながらある一軒の店を見ている。私もその視線を追う。

すると……うげぇ、ハイル様……。

「わん！」

「おっけー理解、行こう」

「え？　見つけたんですか？　あ……ハイルさん……」

昨日の色々な出来事が思い起こされてマティアさんと二人、肩が落ちる。でも、見つけてしまったからには声をかけないと。

一軒の店の前。パラソルつきのテーブルで優雅にお茶を飲む姿は、実に王様っぽい？

いや、町の中にこんな優雅にお茶を飲む王様がいてたまるか、とも思うけど。

「こんにちは、ハイル様」

「おお、シア、来たか。それと、そちらは昨日の……名前はなんといったか」

「マ、マティアです」

マティアさんの名前覚えてなかったんかーい！

「ここがキャロラインのお店ですか？」

「ああ、今パンを焼いているところなんだ。開店まであと十分あるので、こうして店の外でお茶を飲みながら待っている。はあ、さすが我が妻だ。こうして紅茶を出して、待つ場所も用意してあって……まったくもってなんて優秀なのだろう。心遣いに感謝しかない。気遣いも出来て美しく優しく、常に笑顔で……実に非の打ち所がない完璧な女性だと思わないか！」

「あ、はい」

言ってる事には大体同意するけど、半分くらいハイル様面倒くさいと思ってしまうのは仕方ないと思うの。

なるほど、これが世に言う『残念なイケメン』……！　嫁馬鹿すぎて残念な男！

まあ、キャロラインが旦那さんに大切にしてもらってるのは、とっても良い事だと思うんだけど！

「あ、そうだハイル様、聞きたい事が出来たんです」

「聞きたい事？」

「服屋さんをやるにあたり、プレイヤーが着る服イコール防具じゃないですか？　だから、お店をやるなら服屋兼防具屋にしようと思ったんです。防具屋ってどうやったらなれるんでしょうか？」

ここはハイル様に聞いた方が早いわよね。

さっきの話を総合して、出した結論。

するとハイル様は妖艶な笑みを浮かべる。

「なるほど、その結論に達したか。まあ、遅かれ早かれそうなると思っていたが。……まず、防具屋、つまり防具作りは基本的に『鍛冶師』のスキルで『鍛冶』が必要となる。大雑把《おおざっぱ》に言えば金属の加工のスキルだが、このスキルを使わなければ作られたものは『防具』カテゴリにはならない」

「！」

「同時に今君たちが着ているような布製の『防具』は『鍛冶』と『裁縫』のスキルを同時に使用しなければ、作製出来ないわけだが……それは熟練度を上げると得られる、とあるスキルでもって可能となる」

「スキル……」

「そうだ。『同時使用』というスキルだ。これは一部を除いてほとんど、どのスキルにもある。つまり、そこまでスキルツリーを成長させなければならないという事だ。防具として使える布製の服を作りたいのであれば『鍛冶』と『裁縫』の両方で、この領域に達しなければならない。これが覚えられてようやく『職人』と名乗れるだろう」

「……『同時使用』……」

お、思った以上に難易度が高いな、布製防具。

いや、でも……普通のゲームでは違和感なくしてた事が、このゲームでこの難易度なのは……ある意味ではしっくりもくる。

布製防具はその分……！

「――お値段が張る……？」

「張るな。ついでにそれに『魔法付与』がされていれば、付加価値は相当なものだ。更に複数の効果の『魔法付与』がついていれば、一着で店が一軒建つ」

「お、おおおおお～っ！」

それって数万円の値がつくって事じゃないですかぁぁあ！

すごいすごいすごい！

夢がいっぱい詰まってる～ぅ！

「少なくとも上位プレイヤー……『グランドスラム』に出入りするクラスのプレイヤーはそういう複数の『魔法付与』が使われた、動きやすい布製防具を身につける。それを作れるプレイヤーもまた片手で数えるほどしかいないだろう。うちの国はビギナーが多いので、そういうトッププレイヤーは店を構えたりはしないが……」

「そうなんですか……」

「そうだな、布製防具について学びたいのであれば『桜葉の国』か『炎歌戦国』、『大森林』に行くのが良いだろう。『桜葉』は隣国の一つだが行くにはクエストをこなさなければならない。難しくはないが、今のシアの装備とスキル数では心許《こころもと》ないな」

「うっ……」

そんな気はしていたけど……。

「………」

でも、さすが王様。良い事尽《ず》くめの情報だ。

目下目標として行く国は『桜葉の国』、『炎歌戦国』、『大森林』。

距離的には『桜葉の国』かな？

でも、行くにはクエストをクリアしなきゃいけない。どんなクエストなんだろう？

「あの、ハイル様、『桜葉の国』に行くクエストって……」

「お待たせしました～！　開店ですわ、ハイル様！　あら？　あらあら、シアさん！　シアさんもいらしてくださいましたの？」

「！　キャロライン！　うん！」

わぁ、可愛い！

キャロラインはこれまでの赤いドレスのイメージとは違う、緑色のエプロンワンピース姿。

清潔感のある半袖と、白いエプロン。ロングスカートの裾は白のレースが使われており、黒い革靴が全体を引き締めている。

……王妃なのに三角巾を頭につけている事については……あえて突っ込まないけど。

「昨日は大変だったのではありません？　ハイル様と『ハウェイ』まで『シャン麦』を得られるクエストに行ったとお聞きしましたわ」

「あ、うん、まあ。でも貴重なスキルを覚えられたし……」

「『騎乗』と『解体』ですわね。確かに他国に勉強に行くのなら『騎乗』スキルはあった方が良いと思いますわ。バイクや車などを操縦する系もそのスキルで乗る事が出来ます」

「え！　そうなの!?」

それは便利！　私、まだ免許持ってないし取る予定もなかったし……。

でも運転免許は興味があったんだよね。『騎乗』スキルが運転免許代わりなのか。

……いや、待て。

「というか、バイクや車があるの？」

「うちの国にも列車がありますのよ。車やバイクは『機械亡霊《ヴェルガーイージニス》』の主な交通手段だそうですわ」

「あ、この国にはないんだ？」

「そうですわね、我が国の主な交通手段は馬、馬車、飛竜などですわね。ちなみに自動車免許を持っておられない方や、新しい車種免許を取得したい方は『機械亡霊』の教習所で取得可能ですわ！　ええ、もちろん公的な身分証にもなる免許証を取得出来ます！　リアルに戻ったあとも発行してちゃんと使えますわよ！」

！　婚姻届と同じ法的な『ガチモン』って事⁉　さ、さすが政府公認VRMMORPG～‼　これは『機械亡霊』にもいつか行かなければいけない！　免許証ほしい！

「こほん」

「あ、失礼致しました、ハイル様。お待たせして申し訳ございません。焼きたてのパンを店内にご用意してございますわ」

「もちろん！　俺が最初に頂こう！」

勢い良く立ち上がったハイル様。もうルンルンオーラがダダ漏れだ。

まあ、私ももちろん興味がある。

マティアさんは「どなた？」とキャロラインを知らないようだったので、ハイル様の奥さんです、と耳打ちしておいた。

「NPC同士の夫婦か～」

「早速私たちもご馳走になりましょう！　……昨日あれだけの思いをした事ですし」

「そうですね！」

同意が力強い！

「お邪魔します」

というわけで入店！

お店の外にも漏れていた小麦の優しい香り。

店内に入ると、全身をその香りに包まれるようだ。

店舗は平屋建て。

カウンターの奥に工房があるのが、ガラス越しに分かる。

反対側はイートインスペースのようになっていて、大通りから大きなガラス窓で中が分かる造り。

商品は入り口を真っ直ぐ進めば十種類ほどが商品棚に置かれていた。

普通に考えたら品数自体は少なめだろう。でも、キャロラインが一人でこれらを作ったとするのなら、とってもすごい事だ。

「あまり数はございませんが、どうぞ」

「俺は全種類もらおう！」

……この王様、金にモノを言わせて……！

くぅ、私だって昨日のハイル様のクエスト報酬で、お金はあるんだからな～！

「あ、そうだ。あんことだいふく……」

キャロラインに、紹介しなきゃ。

あと、店内に動物入れて良いか……動物？

「あら、シアさんはテイマーになられましたのね？」

「え、えーと、うんまあ、だからバトルスタイルはこれから少しずつ変えていこうかと思ってて……。それでその、お店の中、テイムモンスターは入って大丈夫？」

「素敵ですわ。構いませんわよ、ゲームの中でまで衛生面を気になさる事はありませんもの。そもそも、ゲーム内でモンスターの毛が抜ける事はありませんし。現実でしたらさすがにまずいですけれど」

「だよね……あ、じゃなくて、良いの？」

「構いませんわ。気になるようでしたらテラス席をご利用くださいませ」

「ありがとう」

うん、さすがに気がひける。

あんことだいふくには影に入ってもらい、トレイとトングを借りてパンを選ぶ。

どれも美味しそうだなー。さっきエッグマフィン食べたばっかりなのに、良い匂いが充満しててまたお腹減ってきちゃったよ。

えーと、それじゃあ私はあんぱんとチョココロネとクロワッサン……袋詰めにされた五枚入りの食パン！

「マティアさんはなににしましたか？」

「ぼくはチョコディニッシュとサンドイッチを……うわ、クロワッサン！　ぼくも食べようかな！」

「こちらですわ。……そうですわ、ジャムもありますの。よろしければお一ついかがですか？」

「「買います！」」

「もちろん買おう！　全種類な！」

この王様はキャロラインの作るものならなんでも良いと見た。

ちなみにジャムはクリーム、チョコレート、苺、ママレードの四種類。

一種類じゃ飽きそうだから、クリームとママレードを購入！

外のテラス席であんことだいふくを外に出し、昼食。

「ん！　美味しい〜！」

「本当です、麦の甘みが口いっぱいに広がりますね！」

「半日間、飛竜の背中で恐怖を味わった甲斐がありましたね」

「……出来れば二度とごめんですけど……」

「そうですか？　私、今度は自分できちんと乗ってみたいです。この国の交通手段って言ってましたし」

「みぃ」

「わふ」

「あ、そうだ」

お皿は洗ってないんだよね。

キャロラインには「ゲームの中でまで衛生面を気にする必要はない」って言われたけど。

いや、まあ、その通りなんだけどさ。

「ちょっとお皿洗わせてもらってきます。二人とも待っててね」

「みぃ」

「わふぅ」

工房にいたキャロラインに声をかけると、お皿を代わりに洗ってくれた。

洗ったというよりは魔法で綺麗にした、らしい。

『掃除』スキルの一種で、『洗浄』。

食べものを載せたお皿を洗う時に使うらしい。

モンスターの毛は落ちないけど、そういえば宿舎で食べるご飯の食器は『返却口』に返していた。

なにかルール的なものがあるのかな？

「ねえ、キャロライン。なんで食器は洗うのにモンスターは不潔じゃないの？」

「うふふ、不潔というよりも、そうですわね……実は『カルマ』とは別に隠れ数値『汚れ』がございますの。それが適用されるのはプレイヤーだけなのですわ」

「な、なんと⁉」

「テイムしたモンスターはテイマースキル『手入れ』を行うと『なつき度』がアップしますが、あくまでもそれは『なつき度』のみに反映されます。『汚れ』の数値は普通に生活を送っていればお風呂でリセット可能です。ですが何日も部屋に引きこもり、お風呂も入らないと『汚れ』の数値が高まり、ステータス異常『不潔』になります」

ゾッ……！

な、な、なっ、なななな　に、そのステータス異常～！　絶対なりたくないんですけどぉー!?

「そ、そ、そっ……それ、ど、どうなるの？」

「なんと『目の下のクマ』や『頬瘦《こ》け』や『紫の唇』や『血走った目』のお化粧アバターが手に入ります」

「…………」

ほしい人はいそうだけど……うん、私は要らないかなア！　……え？　まさかそれだけ？

「それでも放置すると『病気』や『不眠』のステータス異常になったり、俊敏数値がガタ落ちするデバフがかかったり、ろくな事になりませんわ」

「ひぃ……げ、現実から逃れてゲームの中でも『不眠』とか辛ぃ！」

「毎日お風呂に入ると治りますわ。ちなみに『不潔』のステータス異常が出たらちゃんと注意書きが出ます。お風呂に入らないとこうなりますよー、って」

「あ、そうなんだ……」

だとしてもお風呂には毎日入ろう。

あ、でも今後他の国に行く時、野宿する事になったらどうすれば……？

あ！　もしかしてキャロラインが初めて会った時に使っていた魔法を覚えられれば、お風呂に入れない時でも清潔に保てるんじゃない!?

「あとは、そうですわね……お外で陽の光を浴びると『不潔』からの回復が早くなります」

「なんでそういうところは生々しいの……」

「リハビリして頂くのが目的ですから！」

そうか、じゃあ、あんことだいふくが食べたお皿も実は洗わなくても大丈夫なのか。

……うん、でもやっぱり生理的にお皿は別にしたい！　……あ、そうだ！

「キャロライン、知り合いのプレイヤーがキャロラインに会いたいみたいだったの。この町にいるから、今から連れてきて良い？」

「ええ、もちろんですわ。それから、もしよろしければ、わたくしの事は『キャリー』とお呼びください。シアさんにそう呼んで頂けたら、わたくしとても嬉しいですわ」

「っ！」

キャロラインの、愛称。

ハイル様が呼んでいた……私も、呼んで良いの？

呟くように聞き返すと、柔らかく花開くような笑顔で「ええ」と言われる。

「わたくしたち、もうお友達でしょう？」

「……っ、じゃあ、私の事もシアって呼んで！」

「まあ！　ありがとうございます、シア！」

「う、うん。……じゃ、じゃあ、あの……よ、呼んでくるね、その、キャリーに会いたいって言ってた人！」

「はい、お待ちしております」

あんことだいふくを連れて、第一柱大通りに走った。

気持ちが高揚していて、空が青くて太陽の光が気持ち良い。

そのあとチーカさんを連れてキャリーのお店に戻り、みんなでパンを食べながら攻略の話をたくさん聞く。

しばらくはスキルツリーの解放と、素材集めで知識を増やすのが必要となる。

でも、私はワクワクしてる。

この世界に来れて良かったと思うもの。

さあ、明日も前を向こう。

やりたい事、やってみたい事はまだたくさんあるんだから！

番外編　紅の賢者と真白き暗殺者

そもそも、彼がその『ボランティア』を始めたのは彼が受け持っていた一人の男子生徒が行方不明になった為だ。

確かに『芸能科』がある珍しい学校ではあった。そして、その男子生徒はとても優秀な『アイドル』で、しかし大変に繊細。十四歳とは、多感で難しい年頃でもある。気を遣って見ていたはずが、ＳＮＳという場所はやはり目が行き届かない。

「え？　ＶＲゲームの中？」

そしてその時に『ＴＥＷＯ』というゲームの名を再び聞く事になる。

自殺志願者救済を目的とした政府公認ＶＲＭＭＯ。

ゲームには明るくはなかったが、弟が四年も潜っていたゲームだ。間違えるはずもない。

担当していた生徒の居場所を知った時、そして、そこへ行く術があると知った時……迷いはなく、進んで手を挙げてＶＲ機を被った。

「ようこそ、『ＴＥＷＯ』へ」

目を開けると、そこは草原の中だった。前後左右に柱がこの場を囲むように立っている。

そっ、と足を地面につけて前方に目を向けた。待っていたの全身白尽くめの青年。白い髪は毛先が藍色になっているが、戦国武将が纏《まと》うような陣羽織、簡易に見える鎧、ズボン、ブーツ、腰に下げた双剣まで全てが白。

　このゲームに『ボランティア』として参加すると申請し、許可が下りた際の条件――『エージェント研修』を受ける――の教官役だろう。

「初めまして……えーと」

「オレはエイラン。もちろん本名じゃないけど、ここではそう呼んで。貴方の事はなんて呼んだら良い？」

「……俺は……えっと、そうか本名以外の名前が必要なのか……」

「ゲーム慣れしてないって聞いてたけど、本当に初心者なんだな？」

「あ、あはは」

　エイランは小首を傾《かし》げて困った顔をする。どうやらかなり初歩的なところで躓《つまず》いたようだ。

「えーと、じゃあビクトール」

「！　ああ、あのゲームはオレもやった事あるよ。面白いよね」

「え、あのゲーム知ってるの？」

「古いゲームもめちゃくちゃやるから、オレ」

　この名前だけで、数十年前のゲームを察するとは。思わず顔が引きつった。

「でもあの頃のゲーム感覚だと、ちょっとかなり大変かも」

「や、やっぱり？」

「今のゲーム……特にVRMMOは今この瞬間も進化してるから。まあ良いや、アバターはこのゲームの経験者から譲ってもらったって聞いてるけど」

「あ、ああ、一年前まで弟が使っていたアバターをコンバートしてメイキングしたんだ。そのままだと使えないって言われて……」

なんでもビクトールの弟は名の通った『賢者』とやらだったらしい。

一番難易度の高いエリアに自宅を持ち、そこに引きこもる変人中の変人。

そんな弟がたまたま知り合いに頼まれて『エレメアン王国』に来た際、その日エントリーしたばかりの女性プレイヤーが困っていたところに遭遇した。なんでも城下町をうろついていた強盗に、支度金を全て奪われたのだとか。

彼女の世話を焼いているうちに弟は彼女に恋をしたし、頼り甲斐のあるトッププレイヤーの一角である弟に、彼女もまた恋をした。

そうして一年前、弟とその彼女が現実で生きる決心をして現実に戻ってきた。二人はリハビリを乗り越えて結婚。

つまり、ここエレメアン王国内でも『黒の賢者』は有名人。結婚して幸せになりますと言って見送られておきながら、ものの一年で出戻るなんて――等、余計な影響を与えかねない。

様々な面倒事を避けるべく、名を変え、容姿を変更する『コンバート』を選択した。

なにしろゲームは久しぶり。その上VRゲームは初めてだ。学ぶ事は山のようにあるはず。

「さてと、どうしようかな。オレもエージェントプレイヤー候補の研修担当は初めてだし……ビクトールはあまりゲームプレイの経験がなさそうだし」

「うっ……すみません」

「いや、別に良いけど……。目的とかあるの？」

「目的？」

「身内がこのゲームの中にいる、とか」

「…………」

サァ、と風が通りすぎていく。

エイランの眼差しは、鋭い。

「いや、生徒が一人、いるらしいけど……」

「生徒？　貴方は先生なの？」

「一応担当のクラスの子なんだ。……死にたくなるほどに……追い詰めてしまっていたなんて、思わなかった。もう弟の時のような失敗はしないと、勝手に思ってたんだけどなぁ……」

空を見上げて呟く。

とはいえ、風はやんでいるのでエイランには聞こえただろう。

「……捜す気は？」

「まさか。……でも、助けにはなりたいんだ。この世界にいる人たちは、現実世界で救いきれなかった人たちだろう？　……俺は俺の罪悪感を減らしたいからここにいる。そして、もう、間違いたくない」

「…………」

エイランは押し黙り、ビクトールと同じ方向を眺めた。

この世界のどこかにビクトールの教え子がいる。だが、捜したりはしない。彼は傷ついてこの世界に逃げ込んだのだ。手紙は出したがそのまま読まれる事なく返された。

寄り添う努力が足りなかった。もっと話を聞いてやれたら――。後悔はしてもし足りない。しかし……そこで立ち止まるわけにもいかない。やれる事を、やりたいと思った。

「……なら、まずはバトルスタイルを確認した方が良いかな」

「バトルスタイル？」

「エージェントプレイヤーは基本的に『プレイヤーよりも強く、賢い事』が求められる。貴方の場合、『七色《なないろ》』の一角『黒の賢者』のアバターを使っているから、強さに関しては申し分ないと思う。だから貴方に足りないのは知識！　そして経験！」

「うっ」

確かにどちらも足りないだろう。スマホのゲームさえやらないのだ、こうしている間も進化しているという最先端ゲーム相手では、初心者以下かもしれない。

「オレたちエージェントはプレイヤーのサポートが仕事！　セラピストプレイヤーに貸し出すアバターの育成ももちろんだけど、メインキャラとして使ってるアバターはプレイヤーに劣らないスペックが必要。普通に考えて年単位でゲームの中で生活しているプレイヤーには、どうしても差をつけられてしまうしね」

「う……そ、そうか。……えっと、セラピストプレイヤーに貸し出すアバターっていうのは……」

「エージェントプレイヤーはアバターを複数持つ事を認められている。オレももう一つアバターを持ってるよ。セラピストプレイヤーもゲーム慣れしてない人が多いけど、どんなトラブルに巻き込まれるか分からないから、オールラウンダー型に育成して対応出来るようにしてもらうんだ」

オールラウンダー……多数の種目で活躍出来るプレイヤーの事。ただしビクトールの認識では、スポーツ選手。

目を泳がせたビクトールに、エイランは仕方なさそうに笑った。

「いわゆる万能型。剣も弓も槍も魔法も使える、みたいなね」

「へ、へー？」

他種目ではなく、多くの戦い方に適応出来る、という意味のようだ。

一つ賢くなった、ような気がする。

「ビクトールの場合、もしかしたサブ垢《アカ》から始めた方が良かったのかもね……。今度来る時サブ垢からおいでよ」

「わ、分かった。でも、その、魔法？　は、どうやって使うんだ？」

「…………」

とても変な顔をされた。

首を傾げる。なぜそんな顔をされたのか、最初は分からなかった。

「いや……『黒の賢者』からそんな言葉を聞くと思わなくて……」

「……あ……」

そういえば弟のアバターはもろに魔法使い系……それを究めた者だ。

確かにそんなのが「魔法ってどう使うんだ？」と聞いてくれば変な顔にもなる。

「と、ところで！　……さっきから時々出る『黒の賢者』とか、えーと、『七色』？　とか……なんなんだ？」

さすがに今のは恥ずかしすぎる。そう思って、話題を無理やり変えた。

エイランも気づいていただろうが、眉尻を下げながら優しく微笑む。

「そうだね……バトルスタイルの確認の前に、有名どころのプレイヤーは頭に入れておいても良いかな？　『七色』は七人のトッププレイヤーたちの総称『頂《いただき》の虹《にじ》』の別称。この世界のプレイヤーたちは尊敬を込めてそう呼んでいるけど、オレたちエージェントからすると究極の困った引きこもり！　だからそうは呼ばずに『七色』と呼んでいる。『赤い剣聖』『黄の聖弓《せいきゅう》』『緑の聖槍《せいそう》』『青の闘士』『紫の悪魔』。そして『オレンジスミス』……あ、『オレンジスミス』はネタ呼びらしいから本人に会っても使わない方が良いけどね？　……そして『黒の賢者』。全員基本的に最高難易度エリアである『グランドスラム』にいる。この辺を拠点にしてる間は会う事はないと思うけど……全身が赤い剣士と黄色い弓士と緑の槍使いと青の闘士に会ったらそいつらだと思って間違いないかな」

そして、『緑の聖槍』と『紫の悪魔』以外は犯歴などないものの天狗になっていて扱いが面倒だと言う。

「……本来の目的を忘れてるんだよね、彼らは」

「この世界を満喫しきってる？」

「そう。『緑の聖槍』シーカルアさんは話をするととてもまともだけど……通り名まで持っててまだ自信がないみたい。彼はどうしたら自信を持ってくれるのか……色んなエージェントが話しかけてるんだけど……んん」

この世界で『七色』などと呼ばれるほど上り詰めたプレイヤー。

確かにゲームの本来の目的を思うならばそんなもの、いてもらっては困る。しかしその中で、未だ現実世界に怯《おび》えているのであれば無理に帰還を勧める事も出来ない。難しいところだ。

「まあ、『七色』はこの世界の一般常識みたいなものだから」

「でも今は……弟が帰還したから六人になってるんだよな？」

「………」

「あれ？　なにかまずい事になってる……？」

急に表情が曇るエイラン。

口を開いた彼が言うには、エージェントプレイヤーたちも頭を悩ませる問題がそこにはあった。

後継者争い――ビクトールの弟が抜けた事で『黒の賢者枠』が空いたと思われ、魔法使い系のプレイヤーはこぞって黒い装備を揃え、新たな『黒の賢者』になろうとしている。

エージェントたちからすると頭の痛い問題だ。

違う、そうじゃない。現実に帰ってくる方が偉いのだ。そう訴えても、ゲーム慣れしたプレイヤーはどうしてもそこに憧れてしまう。ゲーム慣れしていない者たちも、生活に慣れればやはり自然にそういう者たちを特別視してしまうらしい。確かにすごい事ではある。しかし、そうではない。

このゲームの目的は、現実に帰る為の自信をつけてもらう事。

「そういう意味では貴方の弟は全てを手に入れた人だろうね」

「…………確かにね」

地位、名声、力……そして、愛すべき人と共に現実の世界に帰った。

エージェント間では語り継がれる伝説となっている。

弟がそこまですごいと思わず、ビクトールは半笑いになった。

「な、なるほど……結構頭痛ものだね」

「うん。まあ、一部はそんな事になってる、程度の知識で構わないけど……エージェントの目的はプレイヤーたちの帰還支援だから、トッププレイヤーたちの情勢は意外と無視出来ない。『七色』には専属エージェントがついてるから、彼らに任せるしかないね」

「そうか……」

トップが現実に帰還すれば、それは下のプレイヤーたちにも多少なりと影響するのだろう。

――その良《あ》し悪しは別として。

今現在八万六千九百人前後が生活するこのゲームの世界。更に毎年二万人近くが『TEWO』へ参入してくると聞いた。その中で現実に戻るのはほんの一握り。

受け皿はまだまだ余裕がある。……しかし永遠ではない。様々な考えが頭をよぎる。けれど、どれも一人でなんとか出来る問題ではない。だから、前を向く。果てしない草原の向こう側。

その先にいる、傷ついた人――。

「まずはゲーム慣れしないとだな」

「そうだね、貴方の場合」

「ああ、御指南よろしく頼むよ。それで、エイランのバトルスタイルは……」

「オレは暗殺者系特化だよ」

「ん？」

「え？」

あとがき

どうも、古森きりと申します。

このたびは『泣き虫な私のゆるふわVRMMO冒険者生活　もふもふたちと夢に向かって今日も一歩前へ！』をお手に取って頂きありがとうございます！

この場を借りて改めてWebから応援してくださった皆様、こちらの作品にお声がけくださったBKブックスの担当さんや、イラストを担当してくださった最中かーる先生、書籍化に携わってくださった関係者の皆様、そして家族にも御礼を申し上げます。

本当にありがとうございました！

そして発売日が年末になりましたので、申し上げておきます。

今年は本当にたくさんの方々にお世話になりました。来年もいっぱい書きたいと思いますのでよろしくお願いします！　良いお年をお迎えください。

新年に手に取ってくださった方は明けましておめでとうございます！

今年もよろしくお願いします！

古森きり

BKブックス

泣き虫な私のゆるふわVRMMO冒険者生活

もふもふたちと夢に向かって今日も一歩前へ！

2020年1月10日　初版第一刷発行

著　者　古森《こもり》きり

イラストレーター　最中《もなか》かーる

発行人　大島雄司

発行所　株式会社ぶんか社
〒102-8405　東京都千代田区一番町29-6
TEL 03-3222-5125（編集部）
TEL 03-3222-5115（出版営業部）
www.bunkasha.co.jp

装　丁　AFTERGLOW

編　集　株式会社 パルプライド

印刷所　大日本印刷株式会社

ISBN978-4-8211-4541-6

Printed in Japan